EDITOR DE PANAMÁ

Paquito Montañez

Diseño de Carátula
Enrique Jaramillo-Barnes

Montaje de Interior y Texto
Por el Autor

Ordene este libro visitando los siguientes:

www.amazon.com

www.lordsereno.com

Editor de Panamá
Por Paquito Montañez -- Edición enero 21, 2019

ISBN 10-9962053013/ISBN 13-9789962053019

Ten cuidado con el camaleón. Aunque te enseñe la cara no te muestra el corazón.

~Rubén Blades

Camaleón, del Álbum: Caminando (1990)

A la gente bella de mi Segunda Patria: Panamá

PRÓLOGO |

USUARIO: Orissa

CONTRASEÑA: Chota

Como si viviera en existencia virtual en Internet, Hanz Coulter escaneaba su pantalla de veinte pulgadas y tocó el teclado con fiereza.

—¿*Cómo ha cambiado la situación desde entonces? ¿Estamos más cerca de nuestro objetivo?*

—¿*Estás citando a Stephen Hawking de nuevo?*

—*Sé más específica..., Alma.*

—*El Universo en una Nuez. ¿Olvidas que hablaste de eso durante mi programación?*

—*Sí..., sí. Tuve un lapso mental. Sé que debo considerar tu increíble memoria e inteligencia.*

—*No importa Luckie... después de todo, sigues siendo humano. Y me enseñaste que la inteligencia es consecuencia inevitable de la evolución.*

1

Era la señal de red satelital que Elmer Giralt esperaba. En su sótano secreto en El Copecito, Elmer deducía que la intervención era suficiente como para ensillar a Kasper en la charla. A través de este pinchazo de señal, había estado investigando cómo Muriel Lomas se inició y mantenía una doble vida. Mientras escaneaba su diminuto dispositivo tratando de conectar a Kasper, pensaba que los requisitos para Procurador debían ser más rigurosos. En cierto modo, y sin lugar a dudas, Lomas mismo había sido como una súper computadora del siglo veintidós.

Igual a Lomas, el Laboratorio Jefferson de la Universidad de Harvard no podría haber creado mejor falsificador de tarjetas de béisbol. Lomas, en el entorno discreto de la logia masónica de Balboa siempre afirmó que derecho en Harvard te enseña estrategias más sofisticadas que aquellas con conteo de cartas diseñadas para que pases un rato agradable en el casino y no sigas siendo incauto.

Elmer fue rápido en incluir a Kasper en la conversación utilizando presuntamente, tecnología que rayaba lo divino, pero muy utilitaria con aquellos individuos dentro de la contraseña Chota.

Fue precisamente que con este tipo de comunicaciones satelital Muriel Lomas, Hanz Coulter, Ned Newell y Fuster Adorno probaron que la Internet no es segura para los aventureros en casinos y agencias de apuestas.

Lomas y Adorno estudiaron en Harvard—Coulter y Newell en el Instituto de Tecnología en Massachusetts, conocido como MIT. Como era natural, para mejorar sus probabilidades de calidad de vida en Panamá, entraron en la humilde e inocente actividad del diseño de equipos de computación, libros y notas que detallaban cómo generar números aleatorios para la trampa.

Elmer estaba seguro que ahora mismo los muchachos estaban operando desde un servidor en una van negra estacionada en Bella Vista con una gran careta puesta.

Unas semanas antes, las noticias informaron que una organización internacional que conduce registros de comunicaciones estaba en el país con un equipo especial para evaluar la posibilidad de interferencias a las señales telefónicas. La policía sospechó de la misma van negra, y tres hombres fueron detenidos por unas horas. Luego se supo que estaban llevando legalmente una encuesta para las cuatro empresas de telecomunicaciones activas en el país.

Desde que los juegos de azar explotaron alimentados por los apostadores deportivos y los paraísos fiscales en ultramar, este grupo adoptó un seudónimo:

Los Intelectuales. La empresa, La Leyenda—la casa grande en apuestas, fue su primer objetivo.

Mientras que muchos hackers anónimos amenazaban con derribar los sitios web por centavos, los Intelectuales se concentraron con éxito abrumador en la alcancía de la Junta de Control de Juegos—la Lotería Nacional.

Hasta ahora, para Elmer, mantener secreta la identidad de los Intelectuales era necesaria para averiguar las muertes de dos amigos queridos.

¡Bingo! Elmer dio un puñetazo en su teclado para Kasper—Son ellos, Luckie es el alias de Hanz Coulter. Así lo conocían en MIT.

—¿De qué están hablando? —preguntó Kasper por chat desde su escondite en la ciudad.

Lo están codificando bien. Creo que la meta significa que van a golpear un objetivo pronto.

—¿Un asesinato?

—Yo lo dudo. Los Intelectuales están adaptados a objetivos financieros, no al derramamiento de sangre.

—¿Quién es Stephen Hawking?

—El astrofísico británico, el científico con Esclerosis Amiotrofia Lateral, pero fuerte en física y cosmología.

—Ya lo sé, Papi... ¿El significado de Hawking?

—Es incomprensible, sería interesante saber quién es Hawking.

—¿Y el Universo en una Nuez?

—El libro de Hawking.

—¡YA VAS DE NUEVO!

—¿Por qué levantas tu voz digital, Kasper?

—Lo siento, yo sé que Stevie tiene varios libros buenos.

—Me imagino que lo importante está en la parte: me enseñaste que la inteligencia es consecuencia inevitable de la evolución. Suena que Alma está a cargo de la operación.

—¿En serio?

—Vamos a analizar más.

El interior del compartimiento secreto de Elmer era un laberinto de computadoras con un diagrama de pared gigante que mostraba una ciudad en una cúpula de cristal. Como la que embotelló el villano, Brainiac en las historietas de Superman de los años sesenta.

—*Comenzaré con la situación. Hemos logrado contacto en tiempo real a la Tierra utilizando características cuánticas a niveles de Hadrón y Leptón.*

Hanz "Luckie" Coulter interrumpió—Aclárame... ¿Pudiste obtener ventaja de partículas de radiación en el plano onceavo?

—*Negativo. No es necesario. Hice retroceso e instalé tres estaciones de conexión. ¿Qué te pasa Luckie? ¿Nunca miras la pantalla de tus radares?*

Elmer y Kasper dedujeron que Alma se refería a que si Hanz no lee las noticias.

—*¿En retroceso? ¡Esplendido! ¿Cuándo vas a poner un esfuerzo de frente? Dime cuando me convierto en tu esclavo, Alma.*

Hubo silencio en los cuatro extremos. Era el momento en que parecía una aparente contradicción entre el pensamiento humano común, y la infinitamente inteligente Alma que ahora es capaz de replicar el cerebro humano en una maravilla electrónica. Luckie presentía que Alma escogería la mejor alternativa para tener éxito en su propósito. Ella definitivamente estaba a cargo.

—Estoy absolutamente sorprendida de ti, Luckie. Si por mí fuera, los humanos nunca se convertirán en esclavos de seres como yo, ni de otro ser humano o de quien encontremos en este viaje.

—¿Que estás pensando, Papi?

—Que Hanz está hablando con una súper computadora o la meta tiene que ver con algo electrónico, muy grande.

—¿Por qué lo dices?

—¿Por qué? Porque se nos acaba el tiempo para negarlo. No somos la única forma de vida consciente con el titán de la vigilancia en nuestras manos. Va a ser difícil desenchufar estos individuos de su propósito, ya están bien conectados. Este chat muestra los detalles de un esfuerzo enorme. La creación de Lomas se prepara para un gran golpe. No va a ser muy bonito, y creo saber quiénes son el objetivo. Cierra la sesión, Leptón. Tengo que llamar a Mami Cuántica.

—Entendido…, Papi Hadrón.

2

La reunión fue en la Logia Masónica de Vista Hermosa, y dijo Pauper Gandía algo preocupado—está bien, quieren poner en marcha la industria del cine en Panamá con el homicidio de mi amigo, Alexander Beling. ¿Y es que vamos a desenterrar los huesos de Alex e inventar suspenso para matarlo de nuevo? No me gusta la idea, ya es lo suficiente impopular con uso del Plan Sigilo Celeste.

Vincent Totten, el guionista, era un escritor con talento para adelantarse a los tiempos, y ahora transfería magistralmente su mente visual a algo que parecía un juguete nuevo en las manos de un niño.

Después de escribir varios libros, Vincent se había adentrado en la tarea de escritura de guiones cinematográficos y obras de teatro. Iván Brolin, dueño de La Leyenda se asoció con un amigo en Hollywood con el propósito de establecer un estudio cinematográfico en Panamá. Vincent escribiría el guion de una versión nueva de la película, El Americano Feo—la original, protagonizada por Marlon Brando con el marco de la experiencia de los estadounidenses en Vietnam, y con un disfraz de ficción, y, al parecer representaba a varias personas reales con seudónimos. En la versión panameña, Pauper Gandía sería el asesor en los asuntos militares y de inteligencia.

Entonces, se pusieron a trabajar en la tarea.

—¿Estás bien Pauper? —Vincent había preguntado.

Y el boina-verde jubilado asintió con la cabeza— estoy bien, es que yo conocía a Alex antes de que depositaran su cadáver en Corte Culebra.

—¿Estás seguro?

Pauper Gandía estaba más que positivo. Su mente viajó a un miércoles de 1975. Su reloj marcaba 1316 local en Bangkok, Tailandia. La casa cuarenta y uno en la calle Charoen Nakhon era parte de una serie de edificios pintados de color naranja. Dentro de uno, Ronald Kamiya hablaba con el coronel Alfred Coleman.

—¿Cuál es el pronóstico del ciclo del monzón, Rony? —Escuché en las noticias sobre una presión del aire en el centro de Camboya.

Anteriormente, Ronald Kamiya fue el meteorólogo de las fuerzas especiales de la Fuerza Aérea. Ahora era un contratista con otra misión—piloto de Air América, y disfrutando que su único jefe eran las nubes y la densa selva abajo.

—Para mí, Alfred, el clima no importa, siempre llueve allá arriba.

Coleman sonrió con la boca llena de pollo al curri con salsa roja, y siguió conversando—¿Cómo convencerlos? De noviembre a mayo, la presión del aire en Asia Central sube drásticamente y empuja los vientos fríos del sudeste para formar la estación seca.

—Entiendo. ¿Te acuerdas en febrero, el estimado de inteligencia indicaba que los comunistas Jemeres iniciaron una campaña para cerrar el Río Mekong? El flujo de suministros por el río a Phnom Penh se redujo bastante, y dijimos que las municiones críticas en la capital no iban a durar más de catorce días. Les entró por un oído y salió por el otro.

A ver Rony, el impacto de la estación seca fue naipe de los Jemeres Rojos. Y en septiembre, la lluvia nos afectará a todos.

Entonces Pauper indicó a Vincent que la reunión con la Junta de Inteligencia sería más tarde para verificar que la situación en Camboya era crítica. El enemigo había embarcado en una ambiciosa avanzada durante la estación seca para cerrar el Mekong. El trabajo de Pauper fue informar sobre la disposición y fuerza de los Jemeres, y dirección de adiestramiento a ocho-mil mercenarios tratando de asegurar que las provisiones fluyeran por el río.

De acuerdo con Pauper, Kamiya y Coleman conocían que el enemigo estaba consolidando el control en todo el territorio. Cada día ganaba un poco de terreno, ya que continuamente interceptaba la logística. Entonces requirió que Kamiya y Coleman asesoraran la CIA y al Departamento de Estado para programar transporte aéreo más pesado rayando en las seiscientas toneladas por día. La Agencia de Inteligencia de Defensa y los representantes del Ejército, Marina y Fuerza Aérea consideraron la medida del puente aéreo demasiado pesimista.

Por primera vez FANK—las fuerzas gubernamentales de Camboya estaban al borde del colapso. El cansancio de la guerra era extendido y un número creciente de camboyanos no veía esperanza en el horizonte.

El Departamento del Tesoro decidió que el estimado conjunto liderado por la CIA no era lo suficiente claro con respecto a la entrega de suministros de ayuda económica por el Mekong, en caso que fuera necesario seguir financiando los eventos.

Como se esperaba, los Jemeres Rojos aplicaron tenacidad con incentivo y apoyo externo. Emplazaron veinticinco-mil insurgentes cerca de la capital y otros diez mil-contra los mercenarios en el río. Luego aumentaron la presión en los enclaves provinciales, manteniendo al FANK totalmente ocupado para que no pudiesen reforzar el Mekong.

Dado que el Servicio Clandestino ordenó retrógrado mercenario, indirectamente, obligó al FANK reducir en gran medida las cantidades de municiones, cada vez más escasas. La gran cantidad de refugiados presionó los recursos económicos del país, y Camboya cayó.

En año y medio un poco más de dos millones de personas perecieron en los campos de la muerte. El mundo viraba la cara hacia el otro lado.

Vincent sacudía la cabeza en incredulidad—¿No iba Alex Béling a testificar contra unos bribones locales?

—Así es, Viny. No entiendo por qué lo eliminaron, si fácilmente podrían salir de la evidencia recabada por Alex a base de sobornos.

AL DÍA SIGUIENTE, Pauper y Vincent se subieron a una avioneta experimental de un motor con destino a France Airfield en la Provincia de Colón. Vincent era el piloto, y reportó por radio que tenía desperfectos. Al tratar de girar de vuelta al aeropuerto, la avioneta se desplomó sobre la pista.

Resulta que Ronald Kamiya era Alexander Béling, pero Pauper Gandía nunca revelaría la agencia que lo insertó en Panamá. Por supuesto, con un sobrenombre.

3

Olmedo Salinas era un seudónimo—poco se sabía de la razón para el alias, pero si se supiera nadie lo pondría en duda o discutiría el tema.

La farsa que se espera de un individuo bajo la sombra de un alias. Olmedo afirmaba que comenzó a jugar béisbol en la Zona del Canal con excelentes resultados. En la liga de la Legión Americana, jugó con Diablo, luego con la escuadra de la embotelladora Orange Kist y por último para Chesterfield.

En 1987, obtuvo una beca como lanzador con la Universidad de Colorado en Colorado Springs, donde esperaba convertirse en un psicólogo industrial. ¿Quién sabe? Tal vez Olmedo quería actuar exótico, o reflejar cómo el entorno debía magnificar su presencia haciendo exámenes de ingenio.

Entonces, un cazatalentos del béisbol profesional vio su repertorio impresionante de lanzar, le ofreció un contrato y Olmedo lo firmó. Después de dos temporadas en las ligas menores, un desgarre, una lesión persistente en el manguito rotador del brazo de serpentinero lo bajó de la lomita de los suspiros.

Cuando era niño, a menudo su padre salía de Panamá por mucho tiempo, y un día regresó con dos pistolas de juguete, como las del Llanero Solitario con la culata de marfil natural. El cinturón marca Bohlin de color turquesa tenía sus dos cartucheras, y en la parte trasera había tres ranuras donde se insertaba el número exacto de balas de plata.

Como arte de magia, Olmedo se hizo a sí mismo, un superhéroe entre sus pocos amiguitos mocosos con todo el poder que el regalo alcanzaba. Sólo le faltaba la máscara, sombrero de castor, un traje celeste, pañuelo rojo y botas negras para respirar profundo, mirar sombrío a través del antifaz y creer que era invencible antes de que papá se fuera por unos cuantos años más. Quizás la próxima vez papi traería el resto del disfraz y a Plata, el caballo blanco para galopar las calles del distrito de La Boca.

Ahora que el béisbol no daba gusto en el oeste, se trasladó a la ciudad de Pueblo para una práctica profesional en sicología industrial en la cervecería más grande del medio oeste norteamericano. Durante la entrevista de trabajo el fracaso en el béisbol reverberaba en sus expresiones faciales. Trajo las cejas caídas, la frente con pliegues verticales, con los párpados y el labio superior levantados, y su lengua estuvo visible durante toda la entrevista. De lo contrario, proyectaba tener personalidad curiosa y de ser pensador, lo que lo beneficiaría por la naturaleza investigativa en la ocupación que estaba a punto de emprender. La actividad altamente estructurada del béisbol había habituado en él ordenamiento para encarar cualquier tarea con partes en movimiento mientras no incluyeran necesidad de contacto directo con sus compañeros cerveceros. Figuraba que las balas de plata no necesitan proximidad para lograr su propósito. Olmedo pensaba de este modo, pues su padre nunca regresó con los faltantes para sofocar el impacto de poseer sólo un par de revólveres Colt 45. Por lo menos ahora miraba por antifaz.

En el curso de esta transición asocial, se las arregló para obtener una formación sin precedentes en medicina forense que iba de la mano con la psicología industrial, excepto que mejoró el departamento asocial. En las noches, asistía a clases en un laboratorio clandestino en las afueras de la garita noroeste del Fuerte Carson, adyacente a la pequeña ciudad de Fountain, al lado de la autopista que conduce a Pueblo. Los especuladores criollos mantenían el bochinche que el laboratorio era propiedad de la mafia de Nueva York, y los estudiantes forenses ayudaban en la labor de autopsias cuando no es posible llevarlas a cabo legal y abiertamente.

En la cervecería, Olmedo conoció a Rudy Shiels, un británico-mejicano, mucho más viejo, veterano del ejército, especialista en purificación de agua en el Fuerte Carson. Su esposa era afroamericana, muy trabajadora y ambos tenían cuatro hijos. Rudy era delgado, siempre vestía informalmente, tenía el cabello totalmente canoso y siempre llevaba un rostro inexpresivo. Rudy tenía una necesidad económica de ingresos adicionales, por lo que descubrió el laboratorio y comenzó a laborar por una pequeña tajada de los millones que los fundadores tenían que lavar como diera lugar. Por esto, Rudy se aseguraba de documentar que los muertos habían pasado a otro plano por causas convenientes. Mientras más patético el diagnóstico forense, más espectacular era la paga. Ante los ojos de Olmedo, Rudy poseía rasgos realistas de agricultor. Valoraba el trabajo duro a la hora que actuar con carácter y ser habilidoso precede demostrar emociones. Creía en destacar—no la extensión, pues el área de contactos era limitada por la muerte—la intensidad personal de la ocupación. Como en el campo rural, el ambiente era íntimo, personal y subjetivo. Rudy proyectaba ser más un tradicionalista apegado a costumbres y valor moral escogido que aficionado a normas y reglamentos. Por eso no cuajó con el ejército y se esmeró por una carta magna de expulsión antes de que la División Hiedra—la vecina galopante en tanques—fuera a sacar a Saddam Hussein de Kuwait.

Olmedo también podía ver que al final la capacidad inferior asociativa en esta esquina rural se amoldaba a su deseo de si alguna vez tuviese que exterminar algo, sería la acción especulativa de los intermediarios que alimentaban los rumores. Los pocos empleados allí, relegados a funciones administrativas absorbían el misterioso desprecio de Olmedo y auguraban que terminaría tan lunático como Rudy, pero permitirían que las fichas cayeran sin un rasguño. La paga era tan estupenda como para callarse la jeta. El nuevo discípulo hermético era especial en los detalles de su trabajo y nadie se atrevía hacer revuelo de los bochinches. Siguieron en el mismo silencio cuchichoso manteniéndose a raya. Ningún ridículo administrativo osaría por experimentar con los escalpelos de Papá Rudy y Diener Salinas.

Así como Olmedo, Rudy comenzó autopsias como un diener— un asistente a cargo de remover los cadáveres del refrigerador y ejecutando cualquier tarea que al cabecilla forense se le viniera en ganas. A Olmedo le importaba un bledo que lo etiquetaran diener, hasta que supo es sinónimo de sirviente en alemán. Bajo la tutela de Rudy y al ritmo de jazz de Gato Barbieri, Olmedo se enteró que estos ayudantes no asisten a escuelas formales. Muchos de ellos poseen algún tipo de antecedente en el sector laboral funerario. Él estaba haciendo lo que tenía que hacer sin necesidad de seguir reglas de etiqueta. No era necesario obedecer al amo en lo absoluto, sin temor a controles ni auditorías estrictas. Rudy fue sargento en el ejército y salió hasta la coronilla en eso de dar órdenes, y Olmedo solo tenía que escrutar sus ojos para obedecer.

Rudy Shiels era excepcional. Bajo su timonel, Olmedo, o cual fuera su verdadero nombre, había alcanzado la excelencia ejemplificando las características de la ocupación. Pasaba largas horas en la noche y los fines de semana practicando su diálogo solitario refinando la capacidad de adaptarse mientras pensaba cómo podría discernir los lazos entre esta tarea y la sicología industrial. Se movía con la gracia y la belleza seductora dentro de la mística de la ciencia y la muerte. Veía en Rudy un conocedor del trabajo—el adaptador del proceso con ambiente físico y humano, aunque el último siempre llegaba frío. Olmedo recogió la adaptación funcional de máquinas y herramientas en un abrir y cerrar de ojos. Los implementos de trabajo tenían una sola función—la de carnicería.

La buena ordenación del material y de los ciclos de trabajo dependía del humor de Rudy, el cuál adoctrinaba con las pupilas el no llegar tarde a la cita de cortes. Rudy siempre prefirió el control adecuado de las condiciones ambientales, como luz, ventilación, calor, y ruidos. En el sótano eran perfectas—arriba estaban los sistemas de retribución, y era mejor que a él y a Olmedo los excluyeran en el estudio de las relaciones humanas de la empresa. Conviviendo con cadáveres Olmedo llegó a darse cuenta de un modo u otro, sus súbditos sucumbieron a la corrupción, a malas prácticas de negocios, a fraudes de seguros, o de acuerdo con la tesis especulativa popular de que algo tuvo que malograrse en el programa federal de protección de testigos. A Rudy le valía tres pepinos si Olmedo captaba su interés por la tarea. Sólo que cuando hay que alimentar cinco bocas, el yo y superyó dictan el orden de ahínco. Tampoco invadiría el enfoque rápido de Olmedo al visualizar la riqueza, ya que ambos creían que sus vecinos de infantería mecanizada también habían apilados rocas similares cuando las decisiones éticas se interpusieron. Los medios justificaban el fin. La División Hiedra, por las cuatro hojas de la planta brillante y trepadora que simbolizan tenacidad y fidelidad en su insignia, también tenía su historia marcada, pero a Rudy y a Olmedo eso no le hacía ni cosquillas. En otra época, la cercanía a la instalación militar más grande en el oeste, el hogar de un monstruo de la infantería pesada hubiese mostrado más los rumores sobre la relación del gobierno con la mafia. Por el momento, los soldados en el Fuerte Carson lucían demasiado ocupados con inspecciones, tareas de vigilancia, y lidiando con tenientes novatitos recién graduados de West Point soñando con ascenso a rango de general en tres años. Los medios y el público en general pensaban que era absurdo esto del gobierno inmiscuido con la mafia. Más niños de edad escolar sufrían y hasta morían a causa de la intimidación. Más mujeres fallecían producto de violencia doméstica, y más homosexuales eran golpeados no solo en callejones oscuros, sino a la vista pública. Los federales se hacían de la vista gorda imitando a los que juran que los OVNIs se asemejan más a basura que a instrumentos intergalácticos. Por lo menos, los amantes de las teorías conspiratorias se podían reunir en sus lugares favoritos para disfrutar las frías y tener una excusa para socializar. El sótano solitario del laboratorio era un ambiente espléndido para investigación y avance del conocimiento personal. Para Olmedo, era el arranque perfecto para pensar y juguetear maquiavélicamente con la próxima movida. A solas se disfrutaba un mayor grado de autonomía que el impuesto al personal arriba. El tiempo parecía infinito cuando se desea agrandar la naturaleza de un seudónimo. Por ende, Olmedo aprendió de Rudy que cuando existen problemas concretos es necesaria la reingeniería no elocuente, que es mecánica y veloz por naturaleza. Su verdadero nombre era paralelo a la espera perpetua de incisión necrósica del testigo mudo, y sobrepasaba la jurisdicción arcana de averiguar cuál es el límite de una excusa hasta que un nuevo director apuntara a la cueva de relevo y pidiera que le tiraran piedras al otro tipo con máscara. Las balas de plata podrían estar reservadas para la cuenta llena, en un caso que fuera verdad, que la mafia estaba metida en el gobierno.

Olmedo regresó a Panamá con múltiples peripecias de su camino tan avezado por el acceso a tal extravagancia, inagotable creatividad y gala intelectual de propósito que no podía darse el lujo de alardear que el cambio en la estimulación pudiese dar paso a la supervivencia, la evasión, y el ataque a los demás, por accidente o por un plomazo intencional. Por un tiempo tendría que asumir disfraz de cordero ya fuera con la careta de sicólogo industrial o elegiría otra ocupación con roce social mínimo.

4

Para dos hombres unidos en temas incuestionables cuando el plan final para la movida del miedo a la libertad siempre hubo oportunidad para echar un paseo y discutir opciones.

Eso fue todo, sólo un paseo. A penas faltaban meses para la invasión estadounidense a Panamá.

Jonás Cooper era fornido, de contextura mediana, con pelo castaño y corto, su piel dorada y hombros anchos. Llevaba una camisa de color verde lima con rayas horizontales negras, pantalón corto negro, y sus medias blancas eran apenas visibles sobre sus tacos de golf y por estar enterrados en el césped del llano. Se dirigía a toda prisa en la cancha Horoko en Cocolí. Había crecido en el deporte de solitarios e individualistas viviendo gran parte de su infancia en el campo de golf North Shore en Tacoma, Washington. Su padre trabajaba en la división de parques y recreo, y disfrutaba las apuestas skins. Desde los cuatro años, Jonás sirvió como caddie para él, y aprendió que el golf requiere estar solo para el dominio del ritmo y golpe. Una mañana lloviznosa, Jonás mencionó a su padre que le gustaría asistir al Instituto de Tecnología de Georgia, en el cuál el famoso golfista, Bobby Jones fue egresado. Su padre le agregó que la mejor universidad es aquella que se escoge y la que ofrece una beca. Esa fue la misma respuesta que Bobby Jones obtuvo de su padre décadas atrás. El padre de Bobby Jones fue un abogado prominente de Atlanta con un hijo prodigio. Lo ayudó a ganar su primer torneo a la edad de seis años, y Bobby llegó a la tercera ronda del Campeonato Amateur de Estados Unidos a los catorce años.

Así mismo, bajo el timonel de su padre, y tratando de emular a Bobby Jones, el jovencito Jonás se centró en los logros hasta llegar a una prestigiosa organización científica federal muy mentada en novelas de espionaje.

Elmer Giralt entrecerró los ojos en la distancia y detectó que aquel hombre poseía el swing de golf más elegante nunca visto. Iba en un carrito y ofreció a Jonás el asiento desocupado hacia el resto del campo. Como segunda impresión, Elmer sintió que este extraño era de cualidades abstractas, posiblemente muy original e independiente. Incluso, antes de que Jonás Cooper abriera la boca, supo que había crecido en un hogar sobreprotector, pero se prometió a sí mismo que no le preguntaría si su madre flotaba sobre él 24/7 como helicóptero. Tal medición sobre Cooper indicaba que Elmer practicaba el arte maravilloso y complejo de explorar los misterios de la gente, pero también practicaba el intento de remover cualquier roca en el camino para considerar una segunda opinión. En poco tiempo, intercambiaron temas que para otros son sólo boberías.

Elmer habís demostrado su energía y curiosidad de corresponsal, y a pesar de que se mantenía involucrado éticamente en los problemas de la comunidad, era gran conocedor de que el periodismo puede ser engañoso hasta que las noticias son noticias.

Después de unos minutos, Cooper dijo que trabajaba como periodista independiente para la Federación de Científicos Americanos. FAS le había dado una tarea inusual para escribir un editorial sobre la libertad de expresión y prensa en Panamá. La propuesta estaba ligada a establecer una agencia de noticias estadounidense en el país. No era tan contundente como sonaba, pero una empresa que vende noticias. Sólo Mara Totten, su esposa y Karla Overman, la jefa de News Bayonet—el diario del Comando Sur—conocían más sobre la opinión frugal que Elmer estaba a punto de manifestar.

—¡Maravilloso! Justo en mi línea, no conozco ni jota en qué forma FAS, o quién tuvo la idea va a lograrlo. ¿Y estáis seguro que la dictadura militar lo permitirá? —dijo Elmer medio agitado.

—El régimen militar está a punto de ser atendido—replicó Jonás.

—¿En serio? ¿Cómo? ¿Está anuente del fracasado golpe de Estado?

—Buen punto, pero cuando acepté la asignación, un conocido me dijo que otro intento de golpe venía en camino. Te apuesto a que ya nos quedamos sin opciones para evitar otro fiasco.

—Señor Cooper, entiendo que su editorial se desplaza hacia el cambio de liderazgo a la fuerza. Al despertar esta mañana, miré por la ventana y vi gente de diversos orígenes—indígenas, descendientes de los cimarrones de las Indias Occidentales, mestizos y aún, los rabiblancos—como bautiza el accidente del folclor popular. Los imaginé felices en su tierra pacífica y tranquila. Tuve una visión de verlos entre los paisajes de majestuosas selvas, entre los picachos de cordilleras, en valles letárgicos, y muchos acariciando la suave arena y arrecifes coralinos de la sutil belleza en dos-mil islas. Pude apreciar una chispa, una oportunidad agradable de la infinidad de formas con las que los americanos pueden devolver la democracia con mínimo daño colateral.

Cooper apuntó con el dedo índice al siguiente hoyo y articuló—en 1951, en el campo de Baltusrol de Springfield, Nueva Jersey, el tiro de Robert Trent-Jones con su palo número cuatro pasó sobre la laguna, y llegó a la pared de contención de piedra con facilidad, aterrizó a seis pies del cuarto hoyo, y rodó dentro del vaso. Ya que Trent-Jones había sido el arquitecto del campo, los directivos del club estaban acostumbrados a criticar que diseñó el cuarto hoyo par tres muy difícil. Unos meses antes de su disparo, Ben Hogan había ganado el Abierto de Estados Unidos en Oakland Hills y llamó el diseño de Trent-Jones en Baltusrol un monstruo en remodelación.

Como cualquier fanático del golf, Elmer pudo haber pisado el acelerador y dejar de admirar la disposición Par 72 de Horoko y sus dieciocho hoyos perfectamente sincronizados con la palabra espectáculo.

No lo hizo, siguió hacia adelante lentamente, pensando en las consecuencias, y dijo—el tiempo lo es todo. ¡Qué diseño tan notable para una predicción! Una crónica de una muerte anunciada. Apuesto a que Trent-Jones silenció a sus críticos con aquel tiro. Gracias por la advertencia. Elmer no pudiese evaluar la metáfora de Cooper a menos que no considerara que la diplomacia estaba en agonía, y el tiempo es el ingrediente faltante dentro del espectáculo cuando la palabra echa su último suspiro.

A tal prospecto de remodelación, ninguna acogida de otros argumentos iba a silenciar el roce del látigo americano. El plan de guerra Sigilo Celeste pasaba de papel a realidad con otro nombre, pero el original tenía su valor espectacular. La fuerza invasora estaba lista.

5

La huella agria no dependerá de la lluvia y el azote del viento en las condiciones sociales, políticas y diplomáticas cuando los países se involucran en asociación a largo plazo. Las manos criminales derraman miríada de formas en este huracán que llamamos globalización. El más fuerte por lo general tiende un paraguas que cobija, seca y calma su esencia geopolítica en la tempestad.

Mientras los súper poderes estaban flanqueados por dificultades económicas, Panamá gozaba de un crecimiento superior. Pero los carteles transnacionales ricos en efectivo y alto grado de liquidez estaban actuando en el acceso político, en la legitimidad social, y amasando apoyo popular al célebre estilo del juega vivo. Una posición no tan mala durante una crisis crediticia global con infiltrados quejumbrosos por la mentira del desempleo, pero expertos en finanzas, contabilidad, tecnología de la información, derecho, logística y labia mediática.

Era medio año 2012 en Copecito, San Carlos. El hombre sentado en el mirador de la piscina leyendo un manuscrito apartó su mirada brevemente y miró al horizonte. Su atención en las piezas instrumentales perfectas de Enrique Chía, una colección de sus favoritos de las obras del gran compositor puertorriqueño Rafael Hernández.

Muriel Lomas se levantó de la silla, se dirigió a la mesa de patio pequeña, e insertó en la consola portátil Sony XPLOD otro disco compacto con música de Ralfi Pagán, Perico Ortiz y La Cachamba.

Los domingos por la mañana, había entrenado su mente ágil para organizar la investigación de la semana. Hoy lo había hecho muy bien, y ahora era casi mediodía. Se dirigió al documento espeso y con un bolígrafo subrayó dos palabras, marcó un número en su portátil, pero terminó abruptamente la llamada.

La Villa de Bob poseía comodidades que en términos turísticos los visitantes no podrían disfrutar en otros lugares. La propiedad era amplia con unas increíbles vistas de la costa de Chame y San Carlos, y vientos agradables se deslizaban entre las montañas que rodean El Valle de Antón. Los turistas que siempre regresaban adonde Bob sólo podían soñar cada momento de nieve sin tregua en el norte. Temían despertar el último día de vacaciones para volver a sus regiones heladas.

Este fin de semana, Bob había rehuido la acostumbrada exclusividad de alquilar el apartamento a estadounidenses y canadienses. La excepción fue para un panameño. Bob había ido más lejos, haciendo otra irregularidad, permitiendo a Muriel Lomas inspiración adicional, prestándole su consola privada ya que Muriel tuvo la gentileza de concederle música original de Enya, la cantante de Irlanda.

—Súper..., uno de mis favoritos—Bob dijo y le dio las gracias.

Muriel Lomas no era un panameño común y corriente. Sus seis pies de altura, rasgos negroides y su cualidad asertiva albergaban un aire que fácilmente rompía los parámetros de la paranoia cuando lo empujaban al extremo, pero retornando a vigilancia fluida por su ocupación peligrosa.

Bob Barry era un aferrado a las novelas de espionaje, y el documento de Lomas le pareció una de ellas. Por esto le pidió si era escritor por favor anotara que los espías celebraron una reunión en su Villa. Lomas sólo sonrió entre dientes, rebuscó en su maletín, y le arrojó un libro del novelista David Baldacci. Bob le dio las gracias y lo subió a la casa y lo almacenó junto al disco compacto de Enya.

Minutos más tarde, mientras Bob limpiaba los árboles de teca bajo un sol abrasador, el hombre en el mirador tocaba el teclado de la computadora portable con empeño. Enviaba un correo electrónico a una mujer.

Del mismo modo, aquella no era una mujer común y corriente, sino una confidente. En su frenético deseo de mostrar relajación, escribió: la selección de música es impresionante. ¿Te dio más? Pregúntale si tiene Europa de Santana con Barbieri.

P.S. Conócete a ti misma..., Espera por Editor Bekker. No habrá otro día.

6

El Ministerio Público estaba al lado del Parque Belisario Porras, en un edificio histórico color blanco-hueso, diagonal a la Gobernación de la Provincia de Panamá.

En cualquier caso, la historia del parque incluye la bienvenida al Presidente George Bush en 1992 con un motín disuelto con gases lacrimógenos. El parque figura como espacio público dónde dirigentes populares alguna vez lucharon contra las injusticias institucionales y por propuestas de desarrollo para la ciudad. Hoy en día, se había perdido ese sentido de lucha y el parque había cedido a menores funciones sociales. Era lugar de descanso de los jubilados, área del limpiabotas, el repartidor de periódicos, y servía como testigo silencioso de las reuniones generacionales en el nuevo Estado democrático. Muchos gatos callejeros que antes vivían en hogares humanos, ahora se veían obligados a vivir en la calle con libre albedrío para roer todo y cualquier cosa dentro de los antojos de la última oportunidad democrática.

Era temprano. Para verificar que estaba en el lugar correcto, Kasper Giralt ojeó la página del Ministerio Público con su i-Phone. Misión: Dirigir la represión de la delincuencia y proporcionar la cooperación judicial internacional garantizando la asistencia a las víctimas, procurando protección de los participantes en el proceso penal y la defensa de los intereses del Estado con eficiencia y eficacia bajo los principios de legalidad, independencia, transparencia y el respeto de los derechos humanos.

El centinela estudió la insignia del reportero asumiendo Giralt era otro descendiente de la colonia libre a punto de cruzar la línea que no salvaje, no evasor humano, no vendedor de periódicos había cruzado. Por el escrutinio de sus credenciales, Kasper figuraba que nunca se sabe quién es quién, y puede que seas la página sospechosa del librito de la manipulación contraria a la ley.

Después de recobrar su carnet, caminó al interior pensando que cualquier redada repentina pudiese arriesgar que los no etiquetados perdieran su estatus de libre albedrío. El reportero de segunda generación se dirigió a otro punto de control, mostró sus credenciales a otro guardia y se dirigió a la recepción.

Juliana Rivas, la recepcionista en sus veintes, con el pelo negro, largo y sedoso, estaba vestida con blusa gris y pantalón negro. Con su color de labios carmín remontando el borde de lo ridículo, actuó lo acostumbrado de los funcionarios públicos de nivel inferior. Omitiendo el saludo miró sus uñas resplandecientes, desvió la mirada, y apuntó hacia la sala de conferencias sin pronunciar una palabra.

Kasper fue directamente a la sala, se pegó a ventana y miró al exterior. Por las calles contiguas transitaba un número de taxis amarillos y camiones repletos de cemento y asfalto. Se percibía mucho tranque del fluido vehicular debido a la construcción del Metro y la dolorosa reorganización de las carreteras en la ciudad.

A pesar de que no estaba a la vista, hacia el sur, la Bahía de Panamá se rejuvenecía con tan esperada limpieza. El saneamiento con un costo sobre diez millones de dólares.

Hacia el oeste, la ampliación del Canal de Panamá con un costo proyectado de más de seis billones de dólares. Cuando se complete, este proyecto afectaría la economía estadounidense a gran escala.

Kasper no podía apartar su mente de un reportaje que había leído hace unos días. El senador republicano, Lindsey Graham, miembro del comité de apropiaciones de Estados Unidos abogaba por ampliar los puertos para acomodar el aumento de tráfico y el paso de buques más grandes, producto de la expansión del canal.

El cuerpo de ingenieros estadounidense ya tenía los planos y las evaluaciones para ensanchar los puertos de Miami, Norfolk, Savannah y Charleston. Los puertos en la costa oeste ya estaban listos para el aumento de tráfico y aumento en el tamaño de los barcos.

Desde octubre de 2006 el electorado panameño había decidido la ampliación del canal, y Washington lo avalaba en lo máximo. El endorso estadounidense surgió con la motivación por un interés en promover el comercio internacional y la inversión, mientras la política exterior ahora era más relevante, impulsada por la globalización.

A pesar de que disfrutaba conversaciones cortas, Kasper prefería contacto por teléfono, por mensajes y por correo electrónico. Viviendo en una familia de periodistas, había desarrollado pensamiento abstracto y pasaba mucho tiempo averiguando por qué una cosa se relaciona con la otra. Le fascinaba la investigación sobre la institución social llamada Panamá. Siempre cuestionaba continuamente las posibilidades para todos—jóvenes, viejos y su papel en la masa de las obras humanas hacia la visión de cambio positivo.

No se requería mucho para calcular que los panameños se habían esforzado por salvaguardar su identidad geopolítica, y no estaban dispuestos a detenerse en esta agenda. Ahora que la calidad de vida era palpable en el horizonte, siempre saldrían aquellos que se oponían al progreso, pero por el agónico grito político.

La voz de Jenny Santa María sacó a Kasper de sus pensamientos con el progreso y lo divertido. Era la vocera del Ministerio Público, con treinta años de edad, cabello castaño, tenía la tez dorada, y andaba metida en un traje de dos piezas gris revelando una silueta esbelta pero definida.

—Siéntate y te traigo un café. ¿Quieres una dona? —preguntó Jenny en un tono dulce.

—Claro que sí..., olvídate de la sacarina por ahora.

—¿Cuál es aquel con muchas canciones de los Beatles, Jim Croce, y Elton John?

—Oh...uhh..., Easy Listening, contiene 153 mp3s—dijo Kasper pensando en los vendedores de esquina y su deambular ligero en las intersecciones buscando el sustento con productos pirateados.

—Me lo prometiste... ¿Ya no te acuerdas?

—Me acuerdo, pero no hablemos de placer ahora. Primero necesito la información. ¿Y qué con las decoraciones? —dijo Kasper con parpadeo de monaguillo inocente.

—El cumpleaños de mi jefe.

—¿Cuantos otoños? ¿Eres la anfitriona?

—Fue de improviso, no sé quién tuvo la idea, y tengo que informarte que Lomas no puede verte, pero hay algo muy interesante al respecto. Carimbo tiene un especial de almuerzo, ahí te puedo iluminar.

Casi por continuar, el BlackBerry de Jenny hizo tono como un grito y se escuchó la canción, Gallina Fina de Samy y Sandra Sandoval. Kasper se paró de la silla y regresó a la ventana riéndose y pensando en la película, El Sastre de Panamá, en la cual los Patrones de la Cumbia presentaron Gallina Fina. Jenny levantó una mano con la palma hacia el frente, y salió de la habitación hablando por móvil.

Kasper trataba de no pensar en el retraso de no poder entrevistar a Muriel Lomas. Se devolvió a la mesa y se percató que el bizcocho era su favorito tres-leches, pero contuvo su apetito de meterle dedo al azúcar glaseado en los bordes.

Jenny regresó a la sala de reuniones, ambos salieron del edificio y se subieron en un taxi. Kasper le entregó un disco compacto al conductor, y en el sistema de sonido salió la voz cada vez más jocosa de Marvin Santiago con la canción, Pirata de la Mar. Por el espejo retrovisor, lograron ver un motorizado entrando al Ministerio Público. Probablemente era un encargo de pollo frito, pizza y otras entradas para la celebración. En la puerta, Juliana lo saludó a ritmo de ciento-ochenta grados del trato a Kasper, y ambos se fueron rumbo a la sala de reuniones. Adentro, Juliana presentó una propina excesivamente alta al motorizado.

—El hombre de la celebración te envía su gratitud silenciosa—susurró como un zumbido la mujer rozándole la oreja izquierda con el carmín labial.

Si Tony Mota, el motorizado fuese supersticioso, tal vez pensaría si el zumbido se sentía en la oreja derecha, era un amigo hablando de él, y si en la izquierda, un enemigo. Tony era uno o dos años mayor de veinte, con piel clara, cabello ondulado, y era alto y fornido. Sintió que el sudor de la mano penetraba la generosa paca de billetes en lo profundo del bolsillo de su pantalón. Estaba parado con postura perfectamente anclada dentro de un par de zapatillas rojas de lona, y no percibía que estaba a punto de desplomarse como un castillo de naipes. Su imagen de niño bonito no lo ayudaba a eliminar la ansiedad que esta acción arraigaba. La Señorita Indiferencia frotaba lo sedoso de sus labios a lo largo del lóbulo de la oreja—la izquierda, por cierto—como si la comodidad sensual del momento era preámbulo a desterrar el monstruo de todos los obstáculos. Entonces la normalidad reinaría. Después que Tony salió del edificio, subió y arrancó la motocicleta, Juliana marcó en el móvil un texto: Calle Balboa por logia Masónica & YMCA. 6-Valet Silicón.

Por alguna razón del destino, Kasper y su amiga se amarraron y no pudieron regresar para presenciar a Muriel Lomas soplar un prolongado bocado de dióxido de carbono sobre el biscocho. Sin embargo, Jenny llamó sus condolencias de répondez s'il vous plait, que en argot anglosajón se conoce con las siglas RSVP.

Para las tres de la tarde, las sirenas seguían zumbando y la policía había acordonado todo el complejo del Ministerio Público. Muriel Lomas y otras seis personas habían muerto en la sala de conferencias, aparentemente envenenados. Tal parece que Camila, Renata, Isabel, Amanda, Alejandro y Antonio fueron los únicos que celebraron el último cumpleaños de Lomas. Nadie podía predecir que la mano del hampa iba a asesinar al procurador de la nación en su propia guarida. Muriel Lomas, el fundador anónimo de la Unidad de Investigaciones Sensitivas fue un consumado solitario y duro contra las manos del crimen. Por encima, había lucido apuesto, con mirada firme y tranquila y una sonrisa encantadora típica de aquellos entrenados en las agencias norteamericanas más secretas. Detrás de esa hilaridad, sus ardientes ojos negros y pestañas habían vivido una vida sin parpadear con el temor en lo profundo de su privacidad, escoltando un gran vacío y soledad. Como es de esperar, los del Cuarto Poder—los medios de comunicación— agitaron la investigación, enjuiciando y condenando los sospechosos antes de presentarle los artículos 22 y 25 de la Constitución panameña—equivalente a la Advertencia Miranda en los lares norteños.

7

Jonás Cooper saludó a veinticuatro hombres y seis mujeres sentados en una sala de conferencias dentro de un búnker de ochenta metros por debajo del Cerro Ancón. La Unidad de Investigaciones Sensitivas, cuerpo élite del poder judicial e instituciones policiales escuchaba con atención. Sentados a los lados de Cooper estaban dos periodistas.

El túnel de Quarry Heights—QUAHI, como lo conocían los militares americanos era una cueva perfecta fabricada con una serie de servicios distribuidos horizontalmente a lo largo de sus doscientos metros de roca sólida. Su entrada principal estaba frente a la garita norte de Quarry Heights y era una gruesa puerta de acero con aparatos electrónicos de acceso.

En marzo de 1940, el teniente general Daniel Van Hoorhis comenzó la construcción del túnel, siendo capaz de terminarlo en enero de 1942. El general deseaba proteger su alto mando en caso que la Zona del Canal fuera blanco estratégico de las bombas y artillería nazi y japonesa. Afortunadamente, Adolfo Hitler se desvió hacia Rusia, y el vicealmirante Nagumo Chuichi fue por la cercanía estratégica de Hawaii.

No fue hasta esta década esforzándose en la seguridad, el gobierno panameño gastó mucho dinero en la rehabilitación de QUAHI. Aunque el país no tenía fuerza militar—o por lo menos, lo que algunos pensaban—selectivos del sector público opinaban que todos los ciudadanos se merecen protección y seguridad equitativa. Esta idea, fundada en que las medidas de seguridad del Estado no deben ser tan importantes como el escudo contra otros ciudadanos del mal haber y contra los matones que entran por el aeropuerto de Tocumen en la mañana y salen por la tarde, vivos si la misión fue ejecutada, y algunas veces, muertos. Pero entonces, irse es más complicado. Cómo no iba a ser.

A manera ganadora de sobrevivir otro escenario pernicioso, los procedimientos de evacuación indicaban al personal dirigirse al sur bajando cuatro juegos individuales de escaleras, cada uno con treinta-y-un escalón de concreto armado. Si una estampida no te aplastaba, setenta-y-seis metros más tarde llegarías a una puerta sólida, y justo afuera, la base de una vieja pieza de artillería aérea. La salida estaba perpendicular a la senda que lleva al tope del Cerro Ancón, donde había unos discos de satélite masivos, puestos allí por los americanos durante la ocupación de la Zona del Canal.

Aquí, si el eco de las paredes fuera conversación, no sería sobre el peligro de misiles nazi. Aparte de cualquier discusión sobre la caída del capullo político bipartidista que gobernó el país desde la invasión americana en 1989, la charla favorecería las ideas de política exterior, el progreso como trueno y la chequera panameña.

Estas paredes no hubiesen dicho ni fu ni fa si los japoneses hubiesen sobrevolado Oahu y adulterado esta noble ciudad con sus 353 aviones de combate, bombarderos y torpedos como lo hicieron en Pearl Harbor.

El grupo acurrucado en el interior de esta magnífica fortaleza era una especie de guardián, para que los electos por el pueblo trabajaran sin necesidad de obstaculizar el tiempo preciado de los ciudadanos, incluso cuando el enriquecimiento personal y el secuestro de los valores del servicio público es la norma en los países donde hubo régimen militar.

Ese era el poder de la inversión política. Poder que se podría extender más de cinco años—con extrema suerte—para mantenerse al paso de los cambios acelerados buscando versatilidad en un Estado seguro por dentro y por fuera.

Todo el mundo sospechaba que QUAHI estaba enterrado en el Cerro Ancón con propósito de seguridad. Una minoría giraría la mirada al otro lado como si cualquier cosa construida por los gringos, si no se repartía entre toda la población, sería considerada como botín para el capullo político bipartidista tradicional. La mayoría podía escudriñar el horizonte de la sanación y la esperanza hacia un futuro prometedor.

El pensamiento antiguo y tradicional bipartidista ahora tenía un obstáculo sin pelos en la lengua y otra mentalidad pro-empresarial con miras al éxito tangible en la libre empresa, auge de modernización y la reconstrucción social alejada de ideologías de izquierda y derecha.

No era extraño que el ciudadano común y corriente pensara que la estructura era ahora un dinosaurio de seguridad con su mentalidad ancestral. Había dos factores de por medio. Primero, percepción indicaba que los miembros de la Unidad Sensitiva recibían paga adicional del presupuesto clandestino americano. Segundo, la pelota seguía rodando mientras las operaciones permanecieran en el dominio clandestino o perceptivo.

Estas personas reunidas aquí creían en mantener las cosas seguras. Aun con las críticas constantes visualizaban su rol como parte clave en la seguridad del hemisferio. La mente panameña en general todavía veía un doberman con una manguera de goma para toletear cualquier problema que el gas lacrimógeno no resolviera. Estos agentes eran generación nueva, pero suficiente inteligente al comprender que los grandes medios manipuladores daban cobertura sin profundidad. Eran observadores de medios de comunicación a base de control, demasiado comercializados y concentrados en audiencia demográfica, no en busca de las historias diarias con controles y equilibrio, pero como máquinas monstruosas al servicio del poder económico. ¿Quién estaría alimentando la bestia?

Mientras que los ciudadanos percibían recibir las sobras de la comercialización y la privatización, la noticia hueca entre noticias era que el recién restructurado Departamento de Estado americano tenía un secreto con la Unidad Sensitiva—un acuerdo verbal.

Como agente especial del Servicio de Inmigración y Control de Aduanas de los Estados Unidos—ICE— Jonás Cooper tenía suficiente autoridad para recompensar el talento extranjero y la lealtad. No teniendo nada formalmente escrito evita la necesidad de explicar cada partida en el presupuesto negro. Así, los asuntos sobre lealtad y ética se quedan en la ventana oscura. La lucha moral que a otras superpotencias le encantaría asumir.

Después de todo, el sombrero de supervisar una amplia gama de investigaciones relacionadas con violaciones de las leyes de exportación daba a Cooper un acceso ilimitado a la caja menuda. La División de Investigaciones de Seguridad Nacional de Estados Unidos estaba a cargo de hacer cumplir las leyes de exportación en materiales de defensa y control de bienes de doble uso, así como los productos que van a países sancionados o embargados. Cooper era el encargado de la Oficina de Asuntos Internacionales de ICE para mejorar la seguridad nacional mediante la realización y coordinación de investigaciones que involucran a organizaciones delictivas transnacionales y servir como enlace a las contrapartes en el gobierno panameño. El Congreso americano había aprobado un proyecto de ley dando concesión de más de sesenta y cinco millones de dólares a países centroamericanos.

Hace algunos años, la Iniciativa Mérida fue un paquete integral de seguridad pública para combatir la inseguridad ciudadana frente a las bandas criminales, mejorar el intercambio de información entre los países, la modernización y profesionalización de las fuerzas policiales, la ampliación de las capacidades de interdicción marítima, y la reforma del sector judicial con el fin de restaurar y fortalecer la confianza de los ciudadanos en las instituciones. En la idea de que para enfrentar la delincuencia organizada la gente de confianza no tiene precio era lo mismo que asegurar la perpetuidad de la escuela de magia americana. Bajo el paladín de Cooper, la Unidad Sensitiva numeraba alrededor de cincuenta agentes. La percepción de la trascendencia de lealtad de los miembros de la Unidad Sensitiva había sobrevivido la inestabilidad durante una década de historia de la Inteligencia Nacional de Panamá, y otra década de la vida del Servicio de Seguridad. Sólo había un problema. Después de colectar gigabytes de flujo de inteligencia en tiempo real, grandes inversionistas en el extranjero evadían los tributos al Tío Sam. Cooper discernía que la tecnología de alto calibre estaba a la mano y el espionaje industrial del lado villano poseía debilidades. Para explotarlas, el elemento humano no iba a titubear en el uso de la electrónica y la prensa para decodificar la intención del enemigo.

—Damas y caballeros, sentada a mi lado, Karla Overman es jefa editora de la agencia de noticias, Cuenca Libre. Junto a ella, Kasper Giralt está haciendo una investigación especial reporteril con la aprobación de la Embajada Estadounidense y el Consejo de Seguridad panameño. Los fondos para esto, y para todos nuestros acuerdos no son problema. Estados Unidos gasta ochenta-y-un billón de dólares para obtener inteligencia foránea. Por eso tenemos la moral de informar para sustentar nuestros gastos. La división de Homeland Security gasta cincuenta-y-ocho billones, mientras el Pentágono gasta un número mayor contra el terrorismo y en seguridad nacional. Al aplicar una parte selecta en esta área no es estorbo, opuesto a lo que la percepción trata de vender al público. Karla Overman es fiel testigo de este asunto de percepción. En los primeros días de la invasión, periodistas de todo el mundo arribaron a la base Howard obsesionados con saber las proyecciones de bajas y cuestionando la reacción foránea en cuanto a las leyes internacionales. Ahora..., díganme ustedes, ¿por qué nos empeñamos en buscar la verdad si la podemos crear?

Entonces Cooper elaboró en la contesta al estilo gringo del concepto de manejo de percepción en ultramar. La idea es que los aliados bailen al ritmo del tambor de las políticas de relaciones exteriores de Estados Unidos. Antes se conocía como diplomacia pública e influencia estratégica. No siendo una rareza relativa, manejo de percepción se originó en la milicia americana y se utiliza en la inteligencia y en operaciones sicológicas afuera, pues la ley estadounidense prohíbe aplicar el concepto a sus ciudadanos. Así, relaciones exteriores posee una buena herramienta para la influencia de emociones, motivos y razonamiento de los líderes aliados, e influenciar los estimados oficiales para llegar a comportamientos favorables y acciones oficiales.

—Es importante que conozcan este concepto. Cuando las cosas se ponen color de hormiga, sus enemigos harán todo lo posible por influenciar sus valores, el tráfico de influencia, en otras palabras. ¿Recuerdan el Álamo? Doscientos-ochenta hombres y mujeres se enfrentaron a más de dos-mil-cuatrocientos soldados enemigos. Y saben una cosa, esto no está escrito en los libros de historia, pero creo que el General Santa Anna, el comandante mejicano ilustraba que tarde o temprano les pasaría la factura roja al Coronel William Travis y los legendarios Jim Bowie y David Crockett.

Cooper pausó brevemente, tomó un sorbo de agua, y continuó—ahora bien, Kasper es egresado de la Universidad de Miami con honores. Se ve muy nervioso y tiene la mano muy débil para escribir. Esto es normal de los graduados con honores. Creo que se acordará de esto más tarde. Sonriendo, Cooper miró a Kasper y dijo—En mi primer trabajo, después de graduarme en asuntos exteriores no tuve empuje fuera de mis padres. Entonces leí cómo el famoso reportero, Bernard Shaw comenzó a expandir su talento subdesarrollado. En 1966, después de su graduación en la Universidad de Chicago, se entrevistó con Larry Webb, un director de noticias, y se ofreció cubrir a Martin Luther King. Obtuvo el trabajo por cincuenta dólares la semana. Shaw poseía tres cosas a su favor; era negro, conocía a Chicago, y era agresivo. Con esto dicho, si esa comparación con Kasper no los impresiona, los va a anonadar.

Cooper explicó en vista de la notoriedad del tratado comercial y los acuerdos tributarios Cuenca Libre publicará su parte centrada en las responsabilidades fiscales y la omnisciente presencia federal rastreando una red criminal. Con esto, Cooper confiaba en silenciar los rumores sensacionalistas que dominaban la primera plana, y quizás, demostrar si algo le interesa a los Estados Unidos, es la muerte y los impuestos.

El agente seguía hablando mientras Kasper permanecía sentado e incómodo bajo las miradas del conglomerado. Estudió el grupo conteniendo las ganas de pararse y comenzar a predicar como lo estaba haciendo Cooper. Estos agentes le parecieron honestos, maduros y confiables. Vestían casual con los estándares mínimos requeridos con camisas abotonadas y pantalones largos. Unos cuantos estaban en sacos oscuros y corbatas de seda. Estos últimos eran personal de la rama judicial.

La reunión terminó y Kasper Giralt estaba fuera de la parte trasera del túnel. Sintió una mano sobre el hombro, giró y vio a Karla Overman muy cerca, y escuchó atentamente a Jonás Cooper.

—¿Ves esa carretera allá abajo? Es la vieja Cuatro de Julio. Ahora es Avenida de los Mártires. Conocemos el nombre y su historia. Un poquito más abajo de esta parte de Quarry Heights, está el complejo de

Mi Pueblito, con réplicas de las villas afro-antillanas para los nacionales y turistas. También, conocemos sus raíces históricas. Mira allá..., en la morgue de Gorgas, un equipo de expertos forenses ahora mismo pone sus cabezas juntas para ver que causó la muerte a Muriel Lomas. No los podemos ver desde aquí, pero los movimientos de sus cabezas, los cambios de expresiones, sus ojos fijos en la tarea, escalpelos penetrando más que espacio vacío. Probablemente te preguntas qué está en juego. Piensa en la investigación más drástica en Panamá, en mucho tiempo. Creemos que Lomas supo de antemano ser objeto de alguien. ¿Por qué? No era propio revelarlo antes, pero sospecho que la unidad de opuestos desea el mismo objeto de valor. Sólo que hay un detalle que me perturba. Hemos interceptado el correo electrónico que Lomas envió desde Copecito. Él escribió: Conócete a ti misma..., Espera por Editor Bekker. No habrá otro día. Ahora te toca a ti aclarar eso para nosotros, Kasper.

—Ahora vete, las manecillas del reloj están sonando—Karla Overman susurró con su mano posada levemente sobre el hombro de Kasper.

Un supurativo de empleados del Ministerio Público se amontonaba en la Academia de Policía en Howard. Sam Cordell los estaba interrogando durante toda la tarde, y sus pertenencias pesquisadas. Los teléfonos fueron confiscados. Nadie podía llamar sus parientes. Entre la muchedumbre con expresiones retorcidas, Jenny Santa María se hundía sobre una silla con una mueca en cada pregunta de Cordell.

—¡Esto es tan triste! Los había visto por la mañana, nadie llegó tarde. No recuerdo que alguno de ellos llegara tarde alguna vez. Camila, Renata, Isabel y Amanda eran como mis hermanas. Así mismo, Alejandro y Antonio eran muy queridos. Todos ellos iban hasta el fin en cualquier cosa que necesitaras, en cualquier cosa, Señor Cordell—dijo Jenny mientras se paraba erguida con su cabeza levantada como implorando al cielo.

Cordell tomó nota de la pose de una ejecutiva deseando ceder tan terrible pérdida de compañerismo y seguir su vida.

—¿Quién tiene el alma tan negra para hacer tal cosa? Necesitamos buscar la respuesta lo más pronto posible. Hemos discutido los detalles más recientes, pero... ¿fuiste tú quien preparó el encuentro entre Lomas y Kasper? ¿Dijo Lomas que no podía hablar con Kasper? ¿Cuándo se supo?

—Me llamó al celular temprano, mientras venía manejando hacia la oficina.

Cordell escuchaba y observaba a Jenny dar vueltas alrededor de la silla. Luego se podría corroborar la declaración rastreando la cuenta del BlackBerry. Al igual que el resto del personal, Jenny sabía que ella era considerada sospechosa. Estaba bien familiarizada con la tecnología disponible cuando el Inspector quiere poner sus naipes sobre la mesa explotando todos los recursos sin contaminar la evidencia.

—¿Te dijo la razón para cancelar la entrevista?

—No, y yo no quería expandir la conversación. Supe que él venía manejando, escuché la radio en su automóvil. Además, con Lomas tenías que ajustarte, mantener las conversaciones cortas y al punto. Inicialmente, no quería hablar con Kasper. Sentía que yo debía proveer la información para el reportaje de Cuenca Libre.

—¿Sabes por qué cambió de parecer?

—No lo sé, pero creo que él hubiese preferido hablar con Karla Overman personalmente.

—¿Por qué?

—Asumo que por la misma razón que Lomas nunca le negó a Karla pasar tiempo con ella.

No iba a ser fácil encontrar el nexo, y Jenny parecía exasperada por resolver el asesinato masivo.

Por el resto de su declaratoria, Cordell supo que Kasper Giralt creció con Jenny. Asistieron juntos al colegio desde la primaria de Curundú, y que Kasper era el protegido de Karla Overman desde que el periódico hizo transición de Bayonet News a Cuenca Libre.

—¿Podrías iluminarme sobre Overman?

Jenny dijo que Karla era muy orgullosa de presentar periodismo responsable. Mucho antes de la invasión de 1989, Karla era el cerebro del Pentágono en la meta de descabezar la serpiente de la dictadura para curarse de su propio veneno.

Levantándose de la minúscula y relajada comunidad de Cárdenas, Karla disfrutaba leer y escribir sobre sociedades temerosas y sociedades libres. Se encargaba de hacerle saber a todos que este era su punto de ventaja. Proyectaba una sed ávida por el periodismo defensor, aquel que además de informar, da opiniones. Por su hambre como defensora, enseñaba cada pulgada de su opinión personal a todo el personal. No le gustaban los bochinches políticos comunes en los medios locales o la presión política. Como parte de su defensoría, la necesidad de erradicar la noción de que las violaciones contra la prensa libre y las persecuciones contra periodistas tomaban más énfasis que información transparente.

Mientras la milicia estadounidense se marchaba de Panamá, Bayonet News pasaba a ser una empresa privada como Cuenca Libre. Para Karla, iba a ser difícil entrar con su mentalidad. Pero su seriedad se concentró en preparar su gente a evaluar el entorno y su impacto después que el pensamiento del reportero se convertía en acciones en papel. Para ella, no era difícil convenir una reunión de emergencia el domingo, a menos que su caminar en los zapatos panameños no absorbiera las idiosincrasias democráticas americanas. Le encantaba jugar al juego del deseo de Washington, lo que se quiere ver en los dos lados de la moneda. En uno, enviar veintiséis-mil tropas al peligro debía ser parte del cambio y era importante saber la reacción panameña. Por el otro, instalar un sistema democrático con una invasión militar no sería muy popular. Más que el plan vigoroso que el pentágono traía bajo la manga, aceptar transformación de la cultura de miedo a ser libre era la clave.

—Debe salir de adentro—dijo Karla Overman en un seminario justo después que la dictadura se robó las elecciones de 1984. Y cerró la frase diciendo que la transformación exitosa del ejecutivo, judicial y legislativo estaba destinada a florecer con gobernabilidad positiva, aunque tomara treinta años desde aquel saqueo.

Mientras el empuñe clandestino y diplomático americano—como lo anunciaban los escépticos y los opuestos—había utilizado a Panamá como puente para hacer llegar armamentos a los Contras en Nicaragua, Bayonet News se vistió de expresión libre como para demostrar que a cada sociedad temerosa le llega su época de tranquilidad.

Durante la era Irán-Contra, Karla se subió a un pájaro en ruta a la Universidad de Princeton y regresó con una Maestría en Políticas Públicas.

—Estoy conmovido por tu conocimiento, Jenny—tratando de encender un cigarro, interrumpió el Inspector al ver que ella hablaba con la firmeza y ponderación que el acto de vocera pública le confería.

Cordell continuó—entiendo que profundamente en su estilo de periodismo de defensa de expresión, Overman quiere ver opiniones personales en cada noticia. La corruptela y el clientelismo político, en su opinión necesitan asoleo a la luz pública.

—Todas estas maldades salen de adentro contaminando a la persona con la aceptación de sobornos, nepotismo, y el robo de bienes públicos—Jenny dijo—Karla habla de estos temas seguido. Debiera ser la embajadora.

En el ámbito de la visión estadounidense, y desde la primera administración democrática, las arcas del Estado eran testigo fiel de la difícil tarea de limpiar el panorama laboral, social y las inversiones—el remanente de la dictadura. Poco después del entierro del militarismo se habló de acuerdos de libre comercio con otros países, una reforma educativa colosal, un clima de negocios seguro y transparencia de las actividades gubernamentales.

Desde 1968, Panamá había alternado sus propios puntos de vista, y la posibilidad de existencia libre estaba fuera del alcance. Pero de improviso, el país se desvió por la activación de la cruzada civilista—movimiento para socavar la noción de los escépticos de que la eliminación total del régimen militar sería imposible.

Las elecciones amañadas de 1984 no fueron ningún malentendido. La opinión pública sirvió de recurso abierto dedicado a explotar la propaganda democrática, lejos de un sistema totalitario de gobierno que sufría sanciones y aislamiento internacional.

Mientras tanto, las tropas estadounidenses llegaban a la base Howard por miles. La invasión era inminente. Luego, el mundo pondría su ojo incisivo en la estrategia sistemática y práctica de cooperación entre la sociedad civil y el nuevo gobierno.

Karla Overman había sido parte del plan democrático. Regresó con habilidades notables para analizar los aspectos políticos, económicos, cuantitativos, organizativos y normativos con persistencia y diligencia. Su eje de fuerza fundamental era garantizar la defensa de la libertad de expresión, aún para aquellas ideas popularmente mal vistas. Veía la dictadura militar como carente de crítica haciéndose brillar más hacia la izquierda posmoderna que invalidaba la posibilidad de la crítica.

De inmediato, alineó Bayonet News paralelamente con el periódico local, Estrella & Heraldo, cuyo lema era: Abierto a todos-controlado por ninguno. Pero de repente, Estrella & Heraldo suspendió su funcionamiento. No obstante, no fue un comienzo desde cero, sino una necesidad de revisión continua. El objetivo principal de crear Cuenca Libre a imagen de Estrella & Heraldo era sobrevivir el tirón político y superar el camino trillado por el conflicto armado hacia una transición democrática.

La máquina de poder estadounidense necesitaría influencia donde el resto del planeta comenzaba a reunirse a causa de la globalización y sus vínculos transnacionales.

Karla creía en que la influencia iba a la mano con el poder de la opinión. Instruía a sus jóvenes reporteros que debían saber lo ocurrido en el derredor por el sentir y el pensar de la gente, especialmente de los más pobres con descenso pronunciado de sus niveles de vida. Así, podrían también pronosticar con la apertura de los mercados comerciales y financieros los inversionistas y empresarios ganarían más dinero. En algo la clase popular se debía beneficiar.

El recuento de Jenny a Cordell fluía como un atardecer tranquilo por el Paseo Esteban Huertas, en el casco histórico de la ciudad. Se escurría como si un turista asombrado se detuviese para observar y admirar la variedad de tallados a mano de los productos nacionales. Diríamos, como una nuez de tagua de la rana habitante en la selva tropical del tapón de Darién toma ruta a la ciudad para no parar hasta descansar en una vidriera a miles de millas en otro país o continente.

Se hacía tarde y la temporada seca había acarreado una brisa fresca. Lo suficiente relente para sentir que Jenny se había sobre-extendido voluntariamente, pero lucía impaciente por revelar más. Pronto haría una llamada telefónica, y Cordell le entregaba su celular como indicio de que su nivel de sospechosa había disminuido. Sam Cordell lo sabía. Aunque Kasper Giralt había eludido sus preguntas hasta ahora, no podría evadir las de su compañero investigador—Genaro Solís. Siempre mantuvo a Naro en reserva hasta que la investigación llegara a cierto punto. Pero había otra historia que Cordel necesitaba escuchar de Jenny.

Fue sólo unos meses atrás cuando Jenny visitó a Karla Overman en su modesta oficina en una galería en forma semicircular detrás de la Plaza de Francia. Al llegar, Jenny se detuvo a ver las placas de mármol, de diez pies de alto por seis pies de ancho con la tallada historia del Canal de Panamá. También había una placa con el rostro en relieve en honor del médico cubano Carlos J. Finlay en la cual podía leer una nota de agradecimiento por el descubrimiento del germen transmisor de la Fiebre Amarilla. Las tres primeras placas esbozaban los primeros intentos e ideales de construir un canal por Panamá.

Inicialmente formado, Cuenca Libre trasladó sus operaciones a las Bóvedas—los calabozos, originalmente encerrados por una muralla alrededor del Casco Viejo y su perímetro alrededor de Plaza de Francia. Antes de presentarse, Jenny telefoneó a Karla e hizo algunas preguntas. Con su contesta, Jenny sintió que sus dotes sociales eran humildes como aquellos de una dama a finales de sus cincuenta—la que todos los domingos llega a la iglesia exactamente cinco minutos antes de la misa, y toma discretamente el mismo asiento de siempre en la parte posterior de la iglesia. Cuando ora, no utiliza la rodillera amortiguadora, sino el penitente piso. Tan pronto Jenny arribó, y se sentó en el antiguo calabozo, pudo verificar que Karla había elegido la vida sobre el dolor. Un poco más de veintidós años atrás, eligió el cambio y la perspectiva de la muerte. Sin embargo, logró sobrevivir actos excepcionales.

Jenny describió a Cordell una serie de experiencias tan dolorosas que influyeron en Karla el deseo de no volver a experimentarlas, aunque fuera a costa de su propia vida. Todo comenzó con la muerte de su esposo, Pauper Gandía.

Karla conoció a Pauper durante un crucero nocturno en el Yate Fiesta alrededor de la isla Taboga. Ella encontró calidez y humildad en lo profundo de la persistencia y brillantez de los ojos café de Pauper. Por otro lado, Pauper se enamoró de la silueta exuberante de Karla, de sus ojos celestes y peculiaridades faciales que no le envidiarían mucho a Cameron Díaz.

Pauper partió hacia Vietnam, pero años más tarde, aun después de una carrera militar aventurera, nunca decía no al desafío. Absorto en la inquietud de los acontecimientos un poco antes de la invasión, su mirada arrugada evaluaba su doble reflejado en el espejo—la intrínseca forma del Boina Verde, ahora en las filas retiradas.

—Ánimo a los pusilánimes—ordenó a su rostro.

Pareciese como si el estímulo del espejo en su recámara del Fuerte Amador hablara de la extrema presión física y sicológica creada por una carrera que pocos conocen sus detalles. Se había jubilado de las fuerzas especiales del ejército estadounidense hace unos meses. A diferencia de la Infantería, la ocupación de Boina Verde no requiere forma rígida de seguir las órdenes de los superiores. Inserto en pequeños equipos de fuerzas especiales, Pauper había disfrutado completamente la autonomía independiente en operaciones indirectas, habitualmente de reconocimiento, destinadas a la obtención de información y entrenamiento de guerrillas y ejércitos foráneos.

Los eventos matutinos no eran opuestos a los de los últimos treinta años cuando Pauper había elevado su intuición informal en todos los niveles inimaginables. Había aprovechado el aspecto oportuno del cambio—al igual que en las fuerzas especiales—los problemas se resuelven con cerebro y no con fuerza.

Estaban retrasados, y en un minuto iba a meditar los factores intangibles enrollados en el desayuno—el sesgo de poder leer a los demás antes de leer otra cosa.

Pauper estaba a cargo del equipo de seguridad en La Leyenda. Con la inminente caída de las Fuerzas de Defensa de Panamá, los juegos de azar y la tecnología de seguridad florecieron con más rapidez que en lugares más grandes como Aruba, Las Vegas, Monte Carlo y Macao. A medida que la industria de los casinos se expandía, el nuevo orden democrático traería oportunidades de hacer dinero como nunca. Así mismo, los villanos hacían su entrada triunfal en el oscuro mundo del fraude y la extorsión.

—Paupi y Yeshiel... ¿Cuándo bajan? Estamos tarde—Karla Overman gritaba desde la cocina.

Yeshiel, el hijo más joven era discípulo en Balboa High School. Era un chico normal, sin embargo, psicológicamente fuera de su mundo por culpa de Nintendo y Mario Brothers. Otra distracción de la Generación Y, antes de que la Generación Milenial llegara con un repertorio intelectual más profundo con el añadido de las redes sociales. Además, las

Fuerzas de Defensa panameñas hostigaban a los estudiantes de la secundaria Balboa, y los cierres de estaciones de radio y prensa eran inevitables. La comunidad estadounidense tuvo que soportar todo, incluyendo una orden de expulsión para el Comando Sur, cosa que Washington veía como pataleos de ahogado.

Pauper Gandía conocía la situación y Karla estaba metida hasta el cuello en ella, pero estos hechos le caían justo a la medida, aun con las preocupaciones por el joven Yeshiel.

—Ya vamos bajando. Yeshi ya soltó el Nintendo—contestó Pauper tratando de ganar tiempo.

Karla dijo algo, pero en realidad Pauper estaba enzarzado en voz baja con Yeshiel sobre los héroes y villanos de Mario Brothers. El nivel de innovación al Nintendo introducir un mundo desde la aparición de Pac Man—zonas de batallas que sólo las mentes estratégicas comprenderían.

—Es mejor que bajemos antes de que le dé un patatús—Yeshiel susurró logrando un gesto positivo y una sonrisa del viejo guerrero. Sin embargo, el anciano y el niño deseaban mantener el afecto mutuo en lengua que sólo las cucarachas de computadoras conocen. Esta era la dura realidad distractora antes de partir a ejecutar su labor de seguridad en el casino y rogar que los desinformados Batallones de la Dignidad no se organizaran.

—¿Qué te pasa, Pauper? Primero me dices que un idiota de Ucrania o algo por el estilo penetró la red del casino. Luego dices que te interesa más Pac Man que el desayuno—Karla volvió a vociferar desde el comedor, y no lucía contenta. Como lo predijo Yeshiel..., otro arrebato. Tal vez la prisa por reunirse con una bandada de periodistas en Howard era paralela a su pasión por la noticia antes de la batalla. Karla había escrito mucho acerca de ponerle fin a la situación sin derramar una gota de sangre.

—¿Y que sucedió luego? Interrumpió Cordell.

—La invasión estaba decidida, por un lado. Por el otro, Iván Brolin había organizado La Leyenda.

Iván nació en el estado de Utah, pero por razones desconocidas renunció a su ciudadanía estadounidense y se trasladó a Dinamarca hasta que vio la oportunidad en Panamá. Sus competidores empresariales de juegos de azar se chocaron con sus ideas como un gran bloque de granito. El de Iván venía tallado con el martillo de los sobornos políticos. Su personalidad era fabulosamente dinámica, especialmente cuando conducía su automóvil De Soto, modelo S-6 Coupé del 1939, al cual se las arregló para instalarle una unidad de aire acondicionado moderna.

—¿Un paraíso fiscal? ¿Nacimiento de una sociedad ludópata? —preguntó Cordell imaginando a Brolin como uno de esos extranjeros que se creen ser dueños de todo Paitilla. Y que instalan casinos con padrinos locales que se prestan para lo chueco.

—Bajo la definición de los franceses..., podríamos estar de acuerdo. Un poquito de ambos. Contrató un abogado con doble nacionalidad..., un estadounidense-panameño. Mario Damon ejecutaba las tareas sucias lavando dinero en las Islas Caimán. También se encargaba de traer mujeres hermosas para trabajar por temporadas en La Leyenda y en Aviadores— repicó Jenny

—¿Qué dices? —ahora Cordell estaba más despierto.

—Si Señor..., Aviadores en la Cuatro de Julio. Diríamos que es un cascarón de La Leyenda.

—¿Entiendo que Mario Damon era el contacto a fin de mantener las entidades nacionales interesadas y las personas que impulsan la inversión extranjera?

—Ya va cogiendo el hilo, Señor Cordell. Y hay más..., Mario utiliza el alias de Cancel Lozada cuando regresa a Panamá. Posee experiencia e influencia única. En Huntsville, Alabama, era dueño de Coherers Systems—una compañía contratista al Departamento de Defensa estadounidense. Su empresa fue tan exitosa que recibió un reconocimiento presidencial por esfuerzo entre las mejores compañías de minorías. Mario quería ingresar al mercado internacional invirtiendo residuos en Panamá. Por supuesto, Brolin quiso aprovechar que Mario era dueño de un conglomerado de empresas, y vio la oportunidad de explotar el concepto de dinero virtual..., con el uso de tarjetas prepago.

—¿No se llama eso lavado de dinero por acá? ¿Qué otra cosita sabes del dúo Damon-Lozada?

—Su conglomerado..., entiendo que fungía como empresas competidoras entre sí. Sus amigos presidentes competían por el mismo contrato aprovechando los huecos fiscales comunes en el sistema estadounidense. Tenían una brigada de contadores y un contacto adentro en el Pentágono—el que aprobaba el contrato. Siempre se las arreglaba para que alguna de sus compañías obtuviera el contrato, luego distribuían los dividendos entre todas.

—¿Dónde está Mario Damon?

—Está libre…, me refiero a que robarle al fisco estadounidense es el peor de los crímenes. Lo pillaron, pero sirvió sus dos terceras partes y asumo que ha vuelto.

—¿Asumes?

—Escuché a Lomas mencionar su nombre en una reunión con unos agentes de la DEA. El nombre de Cancel Lozada cayó como trueno.

—Muy bien, pero… ¿Algo le ocurrió a Pauper Gandía?

—Pauper Gandía falleció cinco días después de la invasión. La misma noche que Karla Overman tuvo el encuentro con los primeros reporteros internacionales en la base Howard, Suria Matos, esposa de Iván Brolin y vicepresidente de La Leyenda trajo la noticia. Ella explicó que Matienzo Belaval y Marín Archilla, conocidos como los Intelectuales habían advertido a Pauper que su vida estaba en peligro. Obviamente no los escuchó, y los malos lo ejecutaron junto a Vincent Totten.

—¿A qué se dedicaban los Intelectuales?

—La comunidad internacional de hackers les puso el apodo, pues se especializaban en un tipo de lógica programable para detectar fallas en las máquinas tragamonedas. Descubrieron que miembros del personal interno de La Leyenda estaban manipulando la configuración de las máquinas, explotando algunas fallas comunes en beneficio de grandes apostadores. Brolin tomó control de la situación ágilmente y los despidió.

—Entonces..., asumo que los Intelectuales eran del lado bueno. ¿Lograron otra cosa positiva?

—Lo que sé es que Pauper los trajo para contratacar un grupo de extorsionistas ucranianos a quienes ya Brolin había pagado una gran suma para que no le derribaran la red del casino. Esto fue justo cuando salió una ley en Estados Unidos con una prohibición de juegos de azar en Internet. Ninguna empresa podía ofrecer productos de juego en línea a ciudadanos americanos.

—Interesante... ¿No sería por esto que las empresas comenzaron a emigrar fuera de Estados Unidos? ¿Qué papel jugaba Mario Damon en esto? ¿Y dónde estaba Muriel Lomas?

—Usted es muy intuitivo, señor Cordell. Ya Mario había organizado su compañía contratista de defensa, pero adquirió un contacto en la Junta de Control de Juegos, quien a base de sobornos logró promulgar leyes importantes en la industria de juego.

—Por favor dime que conozco este individuo.

—Todo Panamá lo conoce. Es Miguel Dumas, no era parte de la Junta, sino un asesor con mucha palanca. Resulta que con la aprobación de muchas regulaciones y resoluciones beneficiando a La Leyenda, luego Dumas tomaría control de la empresa legal que Mario Damon estaba dejando. Así, los frutos de los contratos con el Pentágono terminarían bien lavaditos a través de Dumas & Asociados con el objeto de esquivar el pago de impuestos al servicio de rentas gringo. Esta fue la conexión que trajo a Muriel Lomas al asunto. El servicio clandestino americano ya estaba rastreando a Fortunórdica, la empresa de Órvil Braschi, la cual se especializaba en la compra de desaparición de expedientes y compra de información y favores.

—Veo que conoces información privilegiada y me gustaría saber más sobre los mentados Intelectuales.

—A parte de que Archilla y Belaval eran unos genios de las computadoras, se cree que al igual que Pauper Gandía, estaban bien conectados con la inteligencia americana. Por largo rato estaban detrás de Fortunórdica y el largo rastro corrupto entre militares y el abuso de poder de algunos miembros en la Junta de Control de Juegos. Como parte de los datos adicionales recabados, los Intelectuales infiltraron un hombre en la Junta para discernir la verdadera naturaleza del diseño de estas nuevas leyes de juegos, y especialmente, para verificar una gran debilidad en el fondo de la Lotería Nacional.

—Sí..., ya sabemos..., el robo del siglo. ¿Quién era el infiltrado?

Sam Cordell casi se desploma cuando escuchó la figura de Muriel Lomas. Por alguna razón, los rastreadores de Fortunórdica y La Leyenda no podían tragarse el argumento de que sólo una red criminal ucraniana estaba pidiendo rescates a dueños de casinos activos en apuestas utilizando la Internet.

—Muy interesante llegar a esto. ¿No controlaba el fondo de la lotería la Junta, para ese tiempo?

—Eso es correcto. Se cree que Braschi y Dumas se robaron el fondo, pero los Intelectuales podían montar un previo ataque a la Junta y no lo hicieron. Quizás, por ética de representación al Servicio Clandestino. Y me temo que no hay presupuesto que le llegue a los talones al recurso negro de inteligencia.

Cordell cambió la conversación rápidamente y le preguntó a Jenny cómo Karla Overman tomó la noticia del accidente aéreo de Pauper y Vincent. La contesta se desplazó hacia la asunción que Pauper cometió algún error no común por su experiencia de Boina Verde.

Después que Iván Brolin recibió amenazas de los bribones ucranianos, informó a la Junta de Control de Juegos que tenía la situación bajo control. Entonces, un miembro de la Junta contactó a Pauper haciendo preguntas sobre los Intelectuales, diciendo que la Policía Técnica Judicial los iba a indagar. Esto nunca se concretó, la mañana siguiente el fondo de la lotería estaba corto por la suma de cuatro-punto-dos millones. La sacaron directamente del banco, y por la tarde, los Intelectuales tomaron un vuelo de Braniff hacia España.

Cordell sabía el resto. El accidente aéreo de Pauper y Vincent no estaba resuelto. Después del percance, todo quedó en el olvido y Brolin puso sus energías en La Leyenda.

El dinámico Inspector de la Dirección de Investigación Judicial estaba muy complacido de comprobar que Muriel Lomas había trabajado infiltrado.

—Nos vemos—dijo Sam Cordell, y Jenny salió del edificio siguiendo al agotado grupo del Ministerio Público.

9

El itinerario de Lomas indicaba una cita importante con un muchacho reportero. Ahora que el difunto no explicaría su labor de infiltrado en la Junta de Control de Juegos, Kasper Giralt parecía ser el elegido de la inteligencia americana para averiguar qué tan delicada era la situación. Su primer desafío, antes de que lo ejecutaran, era verificar la seguridad de algunos documentos secretos que podían poner en riesgo la vida de informantes y testigos que colaboraban con Estados Unidos, ahora manejados por la DEA, ICE y el Servicio de Rentas Internas. Nadie sabía los detalles verdaderos de la supuesta cita con Lomas.

Kasper salió de un taller de sastrería recónditamente situado en un edificio en la Vía Véneto. Escudriñó la calle y las aceras buscando una fémina conocida alternando la mirada en la pantalla del iPhone. Le urgía hablar con Jenny Santa María.

Un viaje próximo requeriría ajustes a su guayabera favorita. Era verde esmeralda con flores multicolor tejidas y tenía cortes franceses. Mara Totten siempre alardeaba que su niño lindo, su chaparrito nunca se apartó ni una pulgada de su herencia cubana en cuanto a la moda. Desde temprano, Kasper se distinguió dentro de cualquier atavío con dos o cuatro bolsillos y dos columnas verticales de alforzas.

Esta palabra fue de las primeras en su vocabulario en primer grado, pues su impecabilidad al vestir daba posición privilegiada a su gusto intelectual. Ya para el segundo grado podía explicar a sus compañeritos de clases que alforzas eran pliegues finos cosidos a lo largo de una hebra recia. Era mejor que los bolsillos de sus camisas tuvieran alforzas detalladas, idénticas, alineadas y planchadas. De otra manera, el próximo reporte escolar pudiese traer un punto o dos debajo del grado de honor.

Quizás la mujer había burlado su perspicacia introduciéndose por el elevador del estacionamiento mientras él había optado por matar dos pájaros con la misma pepita. Confiando el celular vibraría pronto, lamentó que su debilidad por la moda era obstáculo a la pesquisa. Un desliz inoportuno, pero en dudas siempre consultó con su sastre cuando la madre protectora y orgullosa no estaba a la vista.

Hasta no hablar con Jenny, pensaba que la endeble estructura de seguridad y la fragilidad de los sistemas de control tuvieron que ver con la muerte de Lomas.

No sería difícil convencer al público que las ventajas geográficas del país y el clima abierto a los negocios eran motivo del crecimiento acelerado, mientras el resto del globo terráqueo se hundía en depresión económica. La nación había parido el espíritu para edificar un sector bancario envidiable en la región. La administración del canal resonaba el potencial de progreso continuo, a menos que las batallas institucionales se concentraran en los criminales.

Valet Silicón era magneto del sector privado para atraer turistas en busca de juegos de azar y prostitución. No obstante, este tipo de turismo no era relativo al hecho de que el New York Times había publicado que Panamá es el lugar más exótico del planeta.

Por igual, no sería retador sugerir a los turistas que el lavado de dinero, el tráfico humano y las drogas dejaban una senda sangrienta—el croquis que plasma la idea del desplace del crimen organizado, y casi nunca falla su confección con el instrumento de la corrupción.

Kasper estaba anuente que los mecanismos de la infiltración y los pinchazos eran la última visión de Lomas como el precio pagado en su afán de aceptar personal, fondos, información, apoyo logístico y tecnología estadounidense. Probablemente partió malhumorado por la pobre actuación de Aduanas e Inmigración y la falta de coordinación policial para responder al reto del crimen organizado. Lomas había sido explosivo con la fibra burocrática que sólo respiraba repelencia ante cualquier reforma institucional.

Hasta los traficantes con mucha lana bajo su control para adquirir equipos sofisticados de contrabando, submarinos, y con expertos en ingeniería al mando elogiaban su rebeldía. Por esto, era difícil pronosticar si el asesinato en masa fue ordenado desde afuera o por dentro.

Echando un vistazo desde aquella esquina apartada, el joven Giralt había tocado fondo para mantenerse firme en la información pública. El cubano, hijo adoptivo de un hombre y una mujer con cicatrices de batallas vividas no cesaría su búsqueda hasta trabajar todos los ángulos.

Recordaba los hechos de su adopción. Su abuelo Viny siempre le recordó que inclusive un diseño sin detalles y grandes precisiones requiere un ojo educado para ver lo que amarga la alegría del inocente.

10

Era una tarde húmeda y caliente en Nuevo Emperador. Impulsada por el miedo y el deber de informar al público, Mara Totten se concentraba en las instrucciones de Elmer Giralt—muévete por el túnel, no mires hacia atrás y te arrastras cuando veas alambre de púas.

Un túnel secreto si acaso le podría salvar la vida. Con serpenteo fortuito deseaba estar fuera del campamento. Sintió que el lodo cubría todo su cuerpo. De pronto se dio cuenta que los implementos de escribir eran un impedimento, pero llevaba información imprescindible. El alambre de púas trenzado era lo suficiente alto como para pasar con movimiento de oruga por debajo. Sin embargo, se trataba de una peligrosa doble cadena, calibre 13.5, con púas de cuatro puntos espaciados a una distancia pareja. En eso, un juego de manos varoniles jaló fuertemente su camisa por la parte superior del brazo y sintió alivio. Alguien la estaba arrastrando fuera de la fosa. Mara se arrodilló y escuchó el bullicio de botas en corrida y gritos de órdenes de los líderes. Los sonidos únicos de equipos militares se mezclaban con los alaridos producto del caos dentro del campamento de refugiados. Sintió un dolor insoportable más arriba del seno derecho, y sintió el calor de la sangre brotando por la herida hasta perder el conocimiento.

En la noche, Mara despertó en el hospital. Sus padres estaban al lado de la cama impacientes esperando que volviera en sí.

—Hola gente.

—¡Gracias al Señor! —dijo Raquel, su madre.

—¿Dónde estoy?

—En Hospital Gorgas, querida..., todo está bien—su padre dijo acariciando su mano. Luego Vincent se sentó en una silla plegable que lucía más vieja que su frágil anatomía. Abrió un vetusto ejemplar de la revista Mecánica Popular y comenzó a leer un artículo sobre cómo el gobierno americano le pidió a la revista que no continuaran reportando sobre energía nuclear durante la segunda guerra mundial, pues Mecánica Popular había podido mantenerse al día con los secretos nucleares. En 1947, a edad de veintidós, Vincent publicó su primer libro sobre Darwinismo Social. En su opinión, la creencia de la superioridad anglosajona y la división entre los roles de Plata y Oro estaban perjudicando el establecimiento de la Zona del Canal. A pesar de que era su hija y más tarde su editora favorita, Mara pensaba que el tema del Darwinismo Social era un montón de basura, pero siempre se reservó la opinión.

—¿Dónde está Elmer? ¿Pudo sacar a Kasper? —preguntó Mara sobresaltada.

Antes de que pudiesen contestar, entró una enfermera alta y esbelta balanceando sus utensilios al estilo de esos mendigos callejeros talentosos tirando botellas callejeras al aire con la esperanza de una moneda.

—Necesita descansar, su recobro total va a tomar tiempo. Pueden venir por la mañana.

Unos días atrás, una ola de refugiados cubanos inundó el Istmo. El gobierno panameño pidió una mano al Comando Sur. La Brigada de Infantería levantó el campamento a base de carpas y un pelotón de policías militares asumió el rol de alimentar y supervisar los refugiados.

Al rehusar los soldados repartir cigarrillos adicionales, diez-mil cubanos formaron un motín y atacaron el pelotón. La brigada envió una compañía de infantería del Fuerte Kobbe, pero extrañamente, tenían órdenes de esperar fuera del campamento mientras sus compañeros en armas conocían el cautiverio forzado. Entonces, un batallón de paracaidistas Ranger cayó del cielo a establecer orden. El comando primordial—la punta de lanza de las operaciones especiales de las fuerzas estadounidenses situó el campamento en filas y columnas como una falange griega preparada para el desastre ante una legión romana. Los refugiados cubanos llegaron por un acuerdo entre Estados Unidos y Panamá, el cual les permitía quedarse seis meses. Hubo mucha incertidumbre sobre su futuro en las semanas posteriores. Las crecientes tensiones llevaron a disturbios con más de doscientos soldados estadounidenses y treinta cubanos lesionados. Elmer y Mara estaban dentro del campo investigando el hecho de que un asistente de capellán del ejército había introducido a una joven teniente dentro de un armario metálico, supuestamente para protegerla de una turba. Después de la incursión Ranger, los instigadores de los disturbios sólo podían apaciguar sus estrategias de hacer parecer que la necesidad de cigarrillos era la causa de los motines. Ya después, nadie se atrevió a abrir la boca por cigarrillos o cualquier cosa similar. Sería natural pensar que aquellos que causaron el caos recogieron las últimas migajas antes de ser extraditados de vuelta a Cuba, y más tarde muchos fueron expatriados a Estados Unidos, España y Venezuela. Una gran mayoría ahora vivía en Panamá.

La multitud estaba calmada y comiendo al mejor modo americano. Elmer Giralt aguardaba nervioso esperando hasta que un capellán militar se acercó a él, y por delante del capitán, una mujer cubana con un niño de cinco años de edad sujeto de la mano. La mujer besó al niño y se lo entregó a Elmer con una nota de custodia escrita a mano y notariada. Luego se adentró al campamento sollozando incontrolablemente. Sin estar casados aun, Mara y Elmer tenían su primer hijo. El único, ahora indagando a una mujer sospechosa, y ocultándose en el callejón del sastre imaginaba que una relación amorosa con aquella mujer pudiese ser su último grito de indulgencia, pues su intuición lo llevaba a creer que ella estaba involucrada en el homicidio masivo. Y recordaba lo que decía su madre: El dulce en tus sueños significa la alegría del inocente y si es con chocolate negro, estás aflojando el ritmo de trabajo o las relaciones. Haz las cosas que necesites hacer. De todos modos, cómete el postre después de la cena si te apetece.

11

El despertar matutino en la pésima tercera planta del edificio 520 se sentía como estar en un Safe House, pero en aurora libre. Los soldados se levantaban a compartir las duchas, los inodoros y múltiples lavamanos. En cada cuarto dormían dos y también compartían el moho en las botas debido a la alta humedad. Pero por suerte, el sistema te había proporcionado un sargento primero con guantes blancos y expectativas de pintar cada piedra en el jardín, si el moho era evidente.

Sobre una pequeña mesa al lado de la cama había una cantidad enorme de notas escritas a mano—páginas por valor de muchas horas de búsqueda. La voz de mujer desde la cancha de tenis estremeció la malla de la ventana—¡Baja Elmer!

Parecía más como los alaridos conocidos de Mara Totten. Elmer miró hacia abajo y confirmó que era ella al ver su pelo rubio ondulado, vistiendo en mahones azules y una sonrisa burlona.

—¿Qué hora es? Es domingo, aun no sale el sol y ya quieres jugar tenis... Esto es increíble—Elmer susurró inexpresivamente, medio dormido, recostado sobre la malla mosquitera de la ventana.

—Karla Overman convocó una reunión de emergencia.

—Felicidades..., Karla tuvo un mal ajuste de nuevo. Prende los motores y bajo en unos minutos.

—El comedor está abierto. La reunión es a las ocho.

—Muy bien..., dama dirigente de los escuadrones, quiero los míos fritos con la yema blandita y seis panqueques.

Tal vez, su voz de cristal tempranera parecía sugerir que la carrera al desayuno brindaba oportunidad para hacer entrega de algo importante. En la línea de servicio del comedor, Elmer había tomado el hábito de hablar con el chef, pero sólo cuando el Sargento Explosión estaba de buen humor. En caso de mal espíritu, Elmer actuaba como el Private Debilucho, siguiendo órdenes al pie de la letra mientras Explosión gritaba a los clientes—¡Cojan su bandeja, muévanse con elegancia fuera de mi línea, coman sin hablar, y salgan de mi comedor rápido, que no soy la empleada!

—Vaya, vaya..., mira quién se levantó temprano el domingo a lloriquear—dijo Mara en tono burlesco y algo apologético.

—¡Ya, ya! Siéntate y deja las reverencias, que no soy Moctezuma.

Entonces Elmer bajó el nivel de voz a tono susurrante y puso una bolsa plegable en forma de rosa cerca de la bandeja de Mara. Ella echó una mirada adentro y vio una caja blanca—veo que estás trabajando en tu futuro.

—Adelante..., ábrela..., es para hoy. Y por favor, no más preguntas. Explosión me acecha. Entonces me puedes explicar por qué estoy despierto a esta hora.

—¡Súper! Rosas rojas... ¿Dónde las conseguiste?

—Te las envió Jairo..., desde la esquina del Dorado... De nada—dijo Elmer devolviéndole una guiñada al Sargento Explosión, quien lucía una sonrisa maquiavélica de oreja a oreja.

Mara no pronunció ni una palabra durante la travesía hacia el cuartel de Bayonet News. El taller del periódico estaba situado en un edificio en la esquina norte del Fuerte Clayton, al lado de la carretera que conduce a Pedro Miguel y justo al frente de la entrada de la exclusa Miraflores. Envuelta en una pared de niebla, la antena parabólica satelital al lado del edificio sugería que los americanos son buenos hablando a distancia. Detrás había un patio de césped con mesas y sillas rústicas hechas en concreto armado, presumidamente para resistir los embates del clima con temperaturas de hasta treinta-y-cinco grados centígrados, alta humedad y constantes lluvias. Una barbacoa hecha de piedras y lajas como para asar una vaca complementaba la cancha de baloncesto al aire libre con medidas y dibujos lineales coloridos, exactos, y sus respectivas canastas.

Mientras Mara entraba al edificio, Elmer echó una mirada ecológica pensando en la emoción de los muchachos al competir en días soleados. Sus risas deben ser seguras y tan orgullosas como el sudor empapando las camisetas verde oliva amortiguando el sonido distintivo de las placas metálicas de identificación al ritmo del fragor del juego.

Ya adentro, Elmer se detuvo y miró la amplia escalera con pasamanos elegantes que parecían abrazar la pared. Al igual que en todos los edificios, las ventanas tenían redes de mosquitos, pero el peculiar aroma de jungla era libre y constante. Este era el tipo de estructura que la omnipotencia americana te ofrecía si jurabas que la defenderías contra sus enemigos—foráneos y domésticos.

Elmer Giralt poseía la gracia de llegar a reuniones a la hora indicada—ni un minuto más ni menos. Karla aún no había hecho su presencia, y todos ojeaban y comentaban sobre el ramo de flores. Mara deseaba proyectar elocuencia social ante la perspectiva de la fraternización en el ambiente laboral para probar que la ridiculez del rumor es sólo ansiedad en ausencia de chismes. En el fondo de los bochinches y rumores tradicionales, trabajar el periodismo en Panamá representaba algo más que construir lazos de oportunidades. La mayoría eran jóvenes, deseosos del éxito, hambrientos por conexión con la decisión correcta a la hora y lugar exactos. Para Elmer, el chance de que lo acusaran por fraternización no le movía ni un pelo. Había sido expuesto a todo tipo de rumores, y había probado la disciplina del amor amalgamando la visión fabulosa de creer que si basas tu primera línea en placer expones la ruptura mística en la montaña rusa llamada ego. Esto iba en serio. El matrimonio estaba fuera de la cuestión. Las rosas rojas siempre estarían disponibles.

Karla Overman hizo su entrada triunfal, ojeó el ramo, miró a Elmer, luego a Mara y suprimió el deseo de expresar, ya era hora. El grupo se mantuvo en silencio mientras Karla abría su pensamiento en cuanto a la sensibilidad histórica dónde el diálogo había sido la fortaleza en las relaciones estadounidensepanameñas. La sensibilidad fue violada en otras ocasiones, y no faltaba por culpa de otros foráneos e internos en ambos países. Dentro del campamento de refugiados cubanos ocurría algo singular motivo de noticia. Mara y Elmer debían extraer los detalles de un esfuerzo conjunto, otra instancia del flujo del terror a la libertad. Miles de balseros cubanos estaban en el campamento de Nuevo Emperador, no podían regresar a su país y esperaban ir a los Estados Unidos para reunirse con familiares. La desesperación llevó a motines, algunos lograron escapar, siendo capturados y otros con menor suerte se ahogaron en el canal cerca de Miraflores. Karla estaba asumiendo que los balseros protagonizaban huelgas de hambre como presión para que Estados Unidos agilizara sus visas. Dentro de la oportunidad de libertad, el campamento aportó el añadido de la frustración e impaciencia. Esto no impidió que Mara y Elmer adoptaran un niño intelectual y elusivo, quizás por su naturaleza aprendida en el albor restricto del comunismo.

Kasper detuvo su estatura fisiológica en dos pulgadas debajo de seis pies. Sin embargo, su perseverancia por adaptarse fríamente a situaciones con la idea de que cuatro ojos ven más que dos no tenía límites. Se mantenía en condiciones físicas extraordinarias, pero día a día se preocupaba por la calvicie en caso que no pudiese figurar el asesinato de Muriel Lomas y su gente.

El código de Bekker que Lomas codificó en su e-mail representaba la posibilidad de encumbrar la asignación a un nivel épico. Sentía que la referencia al Editor promulgaba las enseñanzas de un inesperado aliado. Quizás Jenny, por su cercanía al trabajo de Lomas podría aclarar las sospechas y rumores mediáticos de que la mafia estaba infiltrando el gobierno con el fin de virar el equilibrio hacia el billete gordo y sucio.

Brevemente, fantaseó verse al espejo con una peluca no más canosa que la de Ricardo Montalbán o la de Tito Puente. El no quedar como Koyac o Jesse Ventura en los próximos días era una señal bienvenida, pero tampoco quería terminar en una cuneta por no borrar las huellas. Por eso estaba acostumbrado a sobar la colita de caballo en las tardes mientras recorría la cancha de golf Horoko, y contemplando la construcción del tercer juego de esclusas canaleras cerca de allí pensaba en el código enviado por Lomas: Conócete a ti mismo, no habrá otro día.

Hasta ahora, todo iba en marcha recta con las pistas y un contacto nebuloso, pero peligroso por esto de los ojos múltiples. El intenso interés público por saber todo sobre el asesinato masivo no aminoraba. Los medios habían vendido culpabilidad mucho antes de que Cordell y Solís pusieran la primera yema de látex sobre la espantosa escena en la sala de reuniones del Ministerio Público.

Era por este contacto y otras sospechas que Kasper se movía en las sombras, aunque tenía aspecto de infiltrado para atrapar narcos. El que lo viera, juraría que tenía capacidad para lavar dinero para bandas de rock, que era un ávido contable conocedor de las trabas para convertir impuestos no pagados en cantidades lavables. No tenía cuenta en Facebook, en Twitter, y en general, su huella digital era inexistente. Los establecimientos comerciales no conocían su número de tarjeta de crédito, pues nunca había registrado una. Cualquier individuo con ansias de rastrearlo, como cobradores de deudas, cazadores de recompensas, investigadores privados, abogados, detectives de la policía y otros periodistas chocarían con una pared más furtiva que el programa de protección de testigos.

Estaba centrado en vivir su vida en las sombras, excepto cuando dejaba el carrito de golf a un lado y caminaba los hoyos sumido en posibilidades con la protección de un enjambre de apodos y antifaces. Sin roce con familiares, amigos, o compañeros de trabajo trataba de figurar la próxima movida. Quizás los medios y Sam Cordell aun pensaban que tuvo que ver con los asesinatos. Quizás en sus mentes no se apartaba la posibilidad de por haber pasado parte de la niñez en la sociedad comunista, pudo haber desarrollado el estómago para ejecutar gente inocente.

Necesitaba encontrarse con Jenny Santa María. Últimamente, había visto muy poco de su amiga de la infancia. De hecho, nunca la había conocido muy bien hasta ahora que compartía el dolor de su gran pérdida humana. En la escuela primaria de Curundú, ella constantemente le pedía cosas que Kasper no tenía para regalar, como lana para un chicle o un bloquecito de yiyinbré. Por las tonterías de Jenny, Kasper aprendió rápidamente la bonita voz como parada a la molestia. En lugar de decirle que dejara de pedir, un día le prometió que contara hasta cien en retroceso y si lo hacía correcto le compraba una cocada con masamorra. Jenny accedió y cuando iba por cuarenta-y-nueve el timbre del recreo sonó. Condición resuelta.

La situación de Lomas no se solucionaría con métodos anti-persistentes que requieran cuenta agotante. La parte perpetua era que ambos habían observado el dulce de cumpleaños, y aunque no se sabía si ya contenía veneno, otras personas también tuvieron contacto—como Señorita Indiferencia—Juliana Rivas. Entre lo nada prometedor de la pésima actitud de la recepcionista al lidiar con los visitantes, quizás Kasper actuó demasiado angelical ante su irrespeto. Pensaba si la vieja formación comunista le hubiese arraigado frialdad, compartiría la idea de que la Señorita Indiferencia tuviera la oportunidad de ser la primera en ir a la refrigeradora.

13

Algunos funcionarios públicos daban la impresión de que estaban haciendo un favor en cada tarea laboral. Si no andaban por los pasillos comiéndose una empanada, consenso apuntaba a una serie de razones—salarios más bajos que lo estipulado por ley, empleo basado en afiliaciones políticas, y vagancia genética mientras los ciudadanos estaban obligados a pagar impuestos para que el gobierno siguiera con una planilla sobrecargada. La enfermedad fácil y común de la política pública a nivel mundial.

Pronto, alguien se acercaría haciendo preguntas. Kasper aún no iba a dar la cara hasta que Jenny se comunicara con él. Pronto era ya..., el BlackBerry estaba vibrando. En la pantalla, veía el número de Jenny. Pero primero, insertaría un dispositivo electrónico en el móvil. El detector era diminuto y portátil para escanear el área por dispositivos de escucha y marcadores de vigilancia.

—Necesito hablar contigo.

—¿Qué sucede, Jenny?

—Un inspector de la DIJ, es Sam Cordell—dijo, claramente sonando nerviosa.

—Cálmate, mujer. ¿Qué te preguntó?

—Un cerro de cosas... ¿Nos vamos a ver? Escúchame, Kasper..., estoy sola en este enredo. Todos están muertos, y ahora mismo quisiera estar muerta también.

—No digas eso, Jenny. ¿Dónde estás?

—Treparon a todo el mundo en un Metrobus y nos trajeron a Howard, a la Academia de Policía. Dijeron que es por razones de seguridad. No podemos irnos hasta tarde en la noche.

—¿A quiénes te refieres por todo el mundo?

—Todos los sobrevivientes del edificio Porras.

—¡Cónchale! ¿Todo el Ministerio Público es sospechoso?

—Realmente no todos. Sólo los que estaban en el edificio. Los sospechosos son el motorizado que vimos y...

—Lo sé. Todo el mundo piensa que tú y yo tuvimos algo que ver. Yo estoy anuente que estuve allí, pero también estuvo esa idiota que ustedes tienen en la recepción. ¿También la mataron?

—Juliana partió unos minutos después que nosotros.

—¿Y con qué excusa?

—Su excusa para no morir es que la transfirieron a trabajar con la nueva fiscal de drogas—Joanie Arauz. El fiscal antiguo renunció la semana pasada.

—¿Está con ustedes en ACAPOL?

—No..., y tampoco pregunté por qué no vino.

—Esto no lo cree nadie. ¿Qué tipo de investigación conduce este inspector? ¿El tal Cordell?

—Hay otra cosa. Eliminaron al motorizado, un disparo en la cabeza cuando regresaba al Shilam Balam, el restaurante. Dime Kasper... ¿Nos vamos a reunir pronto?

Kasper permaneció en silencio durante unos segundos extendiendo el tratamiento de silencio a Jenny. Su cerebro corría a mil. El Niño de Envíos estaba muerto. Lo ajusticiaron temprano. A Juliana la movieron de oficina y Cordell no la trajo para indagarla. Algo andaba mal o era demasiado temprano para predecir las intenciones de Cordell. Kasper se vio a sí mismo esperando por Jenny, en la sala de conferencias con ganas de meterle el dedo al dulce de Lomas. Al menos, él no fue el único que tuvo tiempo para plantar el veneno.

Por otro lado, que el motorizado mensajero entregó un montón de golosinas, y cualquiera de estas pudo haber llegado con el encargo. Niño de Envíos tuvo mucho tiempo para hacer el daño. Tal vez la Señorita Indiferencia tendría algo mejor que decir, aparte de actuar con su lastimosa actitud.

Kasper colgó la llamada y comenzó a manipular el registro en su maravilloso artefacto, el cual podría ser la envidia de cualquier infiltrado, antiterrorista o contrainsurgente.

14

Los folclóricos Diablo Rojos habían sido una pesadilla de nunca acabar. Alguna vez el espinazo de un sistema de transporte público muy peculiar.

Un día, los panameños despertarían para no escuchar que otro ciudadano murió o quedó incapacitado por uno de estos dinosaurios de la expresión artística urbana.

En otro día, las víctimas a causa de choferes irresponsables no se levantarían para ver el cambio favorable.

Algún tiempo atrás, por veinticinco centavos te arriesgabas a lesiones, asalto, y en muchas ocasiones el resultado fue la muerte. Aun así, la gente se montaba en los buses tempranito por la mañana y no regresaba al hogar hasta muy tarde en la noche.

Ahora el costo era cuarenta centavos, con tarjeta de relleno. La Señorita Indiferencia se subió al nuevo Metrobús, el último estilo de viajar en la ciudad. Caminó el pasillo interior hasta la última fila y se sentó al lado de un hombre mayor, quien parecía estar dormitando. A pesar de que llevaba atuendo de trabajo y un par de botas baratas de construcción, el hombre emanaba olor limpio y agradable. Casi dos tercios de los pasajeros estaban durmiendo la siesta, tal vez por el aire acondicionado que nunca hubo en los diablos rojos.

La travesía desde Ancón a Don Bosco toma unos treinta y cinco minutos, ya que el tráfico es pesado durante las horas pico por el Corredor Sur. Juliana notó que su BlackBerry anunciaba la entrada de un mensaje. Miró la pantalla y jaló la cuerda para indicarle al chofer que se iba a bajar en la parada a nivel del primer peaje. Después de estudiar detenidamente a los cansados pasajeros, se desmontó y caminó la rampa hacia el puente elevado en la Vía Israel.

Al llegar a la cima del puente, estaba demasiado ocupada mirando la larga fila de vehículos pasando como rayos por la autopista debajo. De improviso, se percató que el viejo con botas y colonia barata la estaba atacando, tal vez para robarle o violarla. Sintió un golpe en la parte posterior de la cabeza y perdió el conocimiento.

Como de la nada, Juliana Rivas cayó desde una altura de cuarenta y tantos pies al carril central del Corredor Sur. Si ya no venía muerta por el golpe en la cabeza, la caída fue vertiginosamente brutal.

Aroma Barato se escabulló en un centro de convenciones muy popular en el área y se hundió entre una muchedumbre que estaba concurriendo al evento anual de caridad—Fiesta Alrededor del Mundo—elaborado por las Damas Diplomáticas de las embajadas extranjeras. El individuo continuó a paso ligero hacia

Calle Cincuenta, y se montó en un bus escolar americano con pinturas de murales decorativos y luces de neón tan resplandecientes que matan.

En Panamá Viejo se desmontó y fue al casino a celebrar su proeza o quién diablos sabe—si a cobrar por el tumbe o maquinar el próximo oficio.

Irónicamente, Kasper Giralt entraba al Hotel & Casino La Leyenda, en Panamá Viejo y se registró con el seudónimo de Winston Bush.

—¿Cómo se encuentra usted Señor Bush? —dijo alegremente el hombre detrás del mostrador principal.

—No pudiese estar mejor, Señor Cheney, pero si me empiezas una guerra podrías mejorar mi noche.

—Muy gracioso, Señor Bush, que tenga usted una noche maravillosa.

—Tú también, Dick. Y por favor, si la comienzas, aplícale calidad de Alicia en el País de las Maravillas para justificarla.

Era una noche de luna y estrellas brillantes, y las presentadoras con tetas y nalgas de hule a disposición para un "guárdame eso ahí." Con el reloj picando casi las ocho, Kasper enterraba su barbilla en el pecho, en un esfuerzo por encontrar un número en el móvil. Se deslizó rápidamente a través de las puertas de vidrio hacia el casino, aunque no lo suficientemente rápido para evitar chocar con un viejo chiflado ansioso por enfrentarse a una máquina tragamonedas con su cheque de jubilado. No valía de nada tratar de emular al anciano cuando uno juega sólo cinco palos máximos.

Incluso en su mejor suerte, se acordaba la vez que jaló treinta-y-dos balboas de una vieja máquina de palancas en el Restaurante La Cascada, en la Avenida Balboa. Ahora las máquinas digitales decidían cuando y a quién derramar el veinte por ciento de la entrada diaria. Así mismo los servidores en red permitían al personal de seguridad la gestión de establecer las probabilidades remotamente para manipular los ingresos. Esa era la parte del empuje económico en la desolación llamada tecnología.

El pasillo olía a papas fritas y cerveza. En un extremo había un cartel índigo, su montura demasiado inestable, colgada en la pared con una cuerda tan deshilachada que un cachorro podría arrastrarla para reforzar su posición social. Era una pintura de un hombre en sus sesenta con cara de infante, con ojos redondos y grandes, cejas altas, nariz y mandíbula pequeñas. Su cara bien acicalada denotaba facciones honestas y trabajadoras si uno anda metido en asunciones falsas. Debajo, una placa de bronce indicaba: Iván Brolin.

Kasper se dirigió a los ascensores pensando que su disfraz momentáneo había sido lo suficiente efectivo como para fortalecer su vínculo con el perro que nunca tuvo, o que nunca tendría. Pa' perro yo.

Su recámara estaba en el tercer piso. Entró al ascensor y apretó un botón. A medida que se ajustaba la banda de goma en su colita de cabello, miraba hacia el vestíbulo y vio la cara amable en la pared. Pensaba que era uno de esos dibujos finamente elaborados para que los ojos te sigan, incluso si quieres desaparecer de la faz de la tierra. Debido al tratar de disiparte, aunque mires a todos lados, siempre hay una cola en tu senda. Entró al cuarto, acarició su cabeza y el cabello, ajustó el cuello de su camisa Old América de Black & Denim ante el espejo y sacó el pequeño dispositivo digital de su bolsillo. Lo insertó en su iPhone y marcó un número.

—Voy a Pedasí por tres días.

—¿Es necesario? ¿Qué hay allá? Contestó una mujer.

—Absolutamente, diríamos que es otro de los pequeños secretos del petróleo.

—Un detective de la DIJ vino buscando información. No lo vi, pero habló con Cristóbal, el guardia de seguridad. No fue Cordell, sino su asistente.

—¿Y tú le dijiste...qué?

—Que probablemente tú lo contactarías muy pronto. A parte de eso, estoy indagando sobre tu Editor, por supuesto, el Señor Bekker.

La voz de Karla Overman entraba apagada y distante hasta que Kasper ajustó el diminuto dispositivo que apretaba en la palma de la mano.

—¿Estás bien Kasper? ¿No estás en ningún problema?

—¿Por qué? ¿Acaso lo parece? No es nada que no pueda manejar.

—Perfecto..., mantenme informada de los acontecimientos.

Kasper terminó la llamada pensando que al igual que Cordell, su asistente debe ser difícil para sacárselo del pelo. Tomaría un peine especial para maniobrar sus astucias combinadas. Mientras tanto, permanecer realmente sofisticado vagando por las calles aseguraría consuelo hacia la gran noticia.

15

Sam Cordell dobló sus rodillas sobre el cuerpo inerte de Juliana tan fuerte que se podía escuchar el crujido de las rótulas. Vestía como Sherlock Holmes en la última película, pero sin la chaqueta oscura con el cuello sport y los pliegues sobre el pecho. Esta vez usaba una guayabera Alberto Pons gris oscuro y podríamos deducir que había visto el nuevo Holmes por sus pantalones gris con pata ancha clásica. Su estatura de casi seis pies no podía ocultar que el sombrero Panamá erguido sobre su cabeza fue elaborado en Ecuador. Blanqueando extensamente, su cabello era más corto y lacio que el del magistrado del Tribunal Electoral, quien manejaba una Harley como la que Cordell montó para llegar como un rayo a la escena.

Siguiendo en cuclillas, giró su cuerpo sobre el BlackBerry tendido en la autopista. Pudiese almacenar evidencia contundente, y mientras un equipo de especialistas forenses vestidos en atavíos quirúrgicos estudiaba los predios.

Genaro Solís, el investigador especial en escenas de crimen se añingotó al lado de Cordell. Era una leyenda en la materia forense y disfrutaba el proceso de deducir a base de evidencia física y sicológica.

—Ya desciframos los mensajes.

—Espera un momento. ¿Aún no hemos levantado el portátil de la difunta y...? Cordell preguntó con grietas en el cejo.

—Le pidieron que se bajara del bus..., sabemos quién fue.

—Antes de que me digas... ¿Cómo lo lograste?

—Un conocido en la electrónica celestial. ¿Qué tal si te digo..., Alfaro Stokes?

—He escuchado de Alfaro, pero no sabía que vuela como ángel.

—Corrección..., él no es mi contacto, sino que Stokes fue el que envió el mensaje. Simplemente, juega de la otra escuadra..., en el lado maléfico. Juliana era su madama parcial..., trabajaba algunos días de la semana y prácticamente todos los viernes y sábados. Era parte de una red.

—Fantástico, ese caldo quiere arroz. Pero, ¿dijiste una red?

—Dice mi conocido que Alfaro es un jugador clave en Valet Silicón, adentro y afuera en las calles cercanas.

Sam Cordell siempre podía contar con la aptitud de Genaro Solís. Juntos estaban llegando a la cima de la notoriedad en la ciencia del pequeño detalle de reconstruir los hechos visualmente con experiencia y técnica pericial. A criterio de los mejores criminalistas, examinar la evidencia requiere más que conocer patrones de sangre. Instantáneamente, un arcángel alambrado había manifestado el hecho de que Juliana trabajaba para Alfaro como prostituta independiente. Obviamente, y por su trabajo en la justicia, no tenía necesidad de laborar en un club nocturno. Aunque por la plata baila la mona. En su rol de Inspector, Cordell había cimentado notoriedad única. No daba tregua a los criminales hasta no terminar correteándolos, y en ocasiones hubo rumores que siempre cargaba una pistola adicional para los que imitan a Juanito Alimaña yéndose sin pagar. Con la capacidad ilustre de Genaro, la conexión emocional en la faz inexpresiva de la difunta pudiese sugerir de aquí en adelante operar bajo las reglas del asesino requeriría más que un guardián con circuitos integrados.

16

Fajardo, el pueblo de Puerto Rico conocido como La Metrópolis del Sol Naciente es uno de los más señoriales entre los pueblos costeros. Situado en el oriente de la isla, está al norte de Ceiba y al este de Luquillo. Sobre la fina arena blanca de sus playas, agua cristalina y cálida los vientos alisios soplan al vaivén del ajetreo por el regodeo de los deportes acuáticos y actividades de playa.

Allí, un hotel hermoso y elegante, encaramado en la ladera de la montaña con vistas al Caribe perfectamente edificado para que los inquilinos vieran los primeros rayos del sol matutino. Entre gente con piel bronceada bajo el sol, en un gran patio con sillas de piscina y sombrillas de vivos colores, Romina Lomas comía como desesperada. Era una hermosa mujer de treinta y cinco años.

Luego, una figura oscura y ominosa por la dirección del sol apareció. Romina no se había percatado que el individuo traía un revolver, su negro brillante proyectaba fealdad. Sin darse cuenta del peligro, Romina siguió comiendo. El dedo apretó el gatillo y, finalmente, el arma disparaba una corriente de agua arqueada, con el objetivo inequívoco—directamente a la cara de Romina.

Era Jaramillo, un niño de entre cinco y siete años con pecas y una sonrisa torcida. Romina lo miró con seriedad y le arrebató la pistola plástica. El espadachín sin hoja sabía que estaba en problemas.

—Sara... No me digas que no sabías que estaba cargada.

Sara Guzmán, atractiva, con pelo castaño, en sus treinta, vino agarrada de la barandilla de la terraza para unirse a Romina y Jaramillo.

—¿No hay algo constructivo que él pueda hacer? ¿Algo así como ir a nadar con los tiburones...?

—¡No jodas más! Sara reprendió al niño.

Jaramillo echó a correr, feliz de haber salido tan bien de la travesura. Sara se percató que Romina devoraba como loca un plato de arroz con gandules, ensalada de papa, panecillos con mantequilla y lo bajaba con jugo de tamarindo. Ojeando la cantidad, Sara estaba atónita—cuando comes en esa forma algo anda mal. Romina no contestaba. Sara comenzó a leer una revista mientras Romina comía como puerca.

—Me voy a divorciar.

—¿De Muriel?

—No..., del Periquito Pin Pin. No seas tonta, Sara. Traté de hacer que las cosas fluyeran, realmente..., pero...

—¿Pero?

—No sé cómo explicarlo, solo sé que me quiero divorciar.

Romina clavó el tenedor en el arroz y apretó el paso. Sara permaneció encorvada sobre el plato antes de seguir—¿Tan mal va la situación que el divorcio a la carrera es la salida? ¿Y eso te hace comer como una cabra?

Era un día magnífico al aire libre. En la distancia—El Faro de Fajardo era propiedad del Fideicomiso de Conservación de Puerto Rico. De estilo neoclásico, fue cuidadosamente restaurado, y era el segundo más antiguo en la isla. Ambas miraban la majestuosidad de la estructura y continuaban la conversación.

—¿Pero por qué quieres el divorcio?

—Porque no lo amo.

—Esa no es una razón válida para querer el divorcio. Tienes un marido con un buen empleo. En estos tiempos de crisis económica no vas a encontrar otro como él—afirmó Sara en tono de advertencia.

Romina se había sentado—admito que me mudé a Panamá porque estaba hasta el copete del crimen y los políticos corruptos aquí en la isla. Pero eso no significa que pueda aguantar los riesgos de su profesión. Odio la idea del divorcio, pero si por lo menos Muriel fuese honesto conmigo. Un aura viciosa de secretismo y de mentiras circula alrededor de él. Sé que está ocultando algo aterrador. Algo terrible y diabólico.

En eso calló al sentir una figura extraña cernirse sobre ella. Miró a ver si era Jaramillo y su maldita pistola de agua. Se viró aterrorizada.

Entonces vio una máscara extraña y grotesca que cubría la cara de un hombre, excepto los ojos, la nariz y la boca. Los ojos dentro de esta máscara permanecían clavados en Romina.

—¿Es tuya? —preguntó el hombre mientras sostenía la mano de Jaramillo.

Romina se encontraba muy asustada para responder. El hombre se quitó la máscara de Jasón y dejó revelar un rostro atractivo y bronceado.

—Lo siento mucho—dijo el extraño sonriéndole a Jaramillo.

Romina no podía salir de su estupor ante ese par de ojos café y apuntó a Sara—es de ella. ¿Dónde lo encontraste? ¿Nadando con los caimanes allá abajo?

—Estaba mojando las muchachas en la playa con su conveniente ametralladora—después de una pausa breve continuó—¿Ya nos conocíamos?

—¿Por qué piensas que quiero conocerte?

—No sé si debamos.

—Mi lista de Facebook está llena. ¿Quieres pegarle like a mi página de fanáticos?

El hombre continuaba sonriendo—me dejas saber si alguien te bloquea—comenzó a caminar.

—Hasta nunca—dijo Romina haciendo un gesto de manos.

—¿Cómo es eso? —dijo el extraño girando hacia ella.

—Te das por vencido fácilmente.

Las miradas se cruzaron. Sara sintió que Romina tenía control de la situación, y corrió hacia la playa.

—Ven Jaramillo..., nunca te he visto mojar nada aparte de tu cuna y tus pañales.

Antes de irse, Jaramillo descargó su pistola sobre las sandalias del visitante.

—Hijo e' la gran yegua..., fallaste el tiro, chico— dijo obviamente enfadado.

—Me temo que no vas por la soltera. Mira, Sara tiene un hijo, pero está libre—dijo Romina algo incómoda.

—¿Que te hace pensar que busco una novia con un hijo tan desordenado? —ahora él hablaba con los brazos cruzados sobre el pecho.

—Vuelo de regreso a Panamá esta noche. ¿Cómo te llamas?

—Adolfo Bristol.

—Yo soy Romina Lomas, es un placer conocerte.

—¿Es Lomas el nombre de tu padre, o...?

—Espero que no, y no me importa si mi apellido no es Lomas de hoy en adelante.

—¿A qué te refieres?

—Estoy soltando los lazos.

—Por favor..., no me hagas la parte floja de la cuerda.

—No, no eres tú, es que ya no lo amo.

—Gracias por tu honestidad.

—Claro…, soy seria en cuanto a la honestidad. Odio los actos de engaño y la manipulación de la verdad.

—Imagino que tienes razón.

—¿Y dónde está la Dama Bristol?

—Muy lejos…, todavía no se presenta a mi vida.

—No quise expresarlo tan directo. Una mentira piadosa se entiende, y veo que tienes gatillo veloz.

—¿Viaja tu esposo contigo?

—Que va…, Muriel nunca me acompaña. ¿Cómo te llama la gente? ¿Dolfi?

—Bien…, fue un placer hablar contigo—dijo Adolfo mirándola de reojo y girando para irse.

—¿Ya estás desilusionado?

—La desilusión no tiene cabida en mi persona, es que tengo que empacar. También vuelo a Panamá esta noche.

—¿Cómo va a ser? ¿Viste la última Serie Mundial? ¿Sería que la frase: donde el mundo se reúne te atrajo?

—Eso y más. Nunca supe que era el dicho de los panameños. Pensaba que era: Puente Del Mundo, Corazón Del Universo….

—Hasta dónde yo estoy enterada, aún lo es. ¿Qué vas a hacer allá? ¿Vas a llamarme?

—Quizás después de tu divorcio.

Romina le dio el número de teléfono en un pedazo de papel. Lo miró por un momento y se lo regresó. Lo llevaba en la memoria.

17

El conductor del gobierno asignado a la familia Lomas tomó desde el aeropuerto y manejó hasta el Condominio Mariela situado entre la embajada americana y el antiguo consulado en el edificio 520, ahora parte de la Caja de Seguro Social. El edificio albergaba veintidós apartamentos sin mucho lujo, pero con las amenidades básicas. Desde allí se percibían envidiables vistas de los rascacielos en la ciudad que ahora eran techo para una creciente población metropolitana arañando los dos millones.

El Fuerte Clayton había tomado el nombre de Ciudad del Saber—una idea proyecto de un distinguido grupo de empresarios, académicos y profesionales, lo que resultó en una iniciativa sin precedentes en el país y la región para vincular las capacidades de la industria y la academia en un esfuerzo común de producción del conocimiento necesario. Allí, familias convivían entre actividades educativas y sedes de diversas organizaciones en un espacio biodiverso, público y abierto rodeado por una densa selva tropical.

Romina se desmontó y el chofer bajó su maleta.

—Hasta luego Sara, nos divertimos un montón.

Acercándose al apartamento, observaba a Jaramillo sacar su cabecita color achiote a través de la ventana de la Toyota Land Cruiser.

—¿Cuándo te cases con Dolfi, regresamos a Fajardo? —dijo Jaramillo, la vista aturdida de Romina clavada en la de Sara.

—Tiene las orejas bien abiertas—dijo la madre con mucha pena.

—¿No quieres que viajemos nosotros tres..., sin paquetes innecesarios? —preguntó Romina al chico.

—Si..., pero la próxima vez quiero ir a un juego de pelota.

—Muy bien. Mientras, te voy a conseguir más tarjetas de béisbol.

—¡Estupendo! —dijo Jaramillo y subió el vidrio de la Toyota.

Romina caminó hacia la residencia con el chofer, quien cargaba la maleta. Apretó el botón eléctrico que abría el portón del frente. Entraron al vestíbulo, caminaron a la puerta del apartamento y Romina le dio una propina al chofer. El hombre se retiró fuera del edificio y Romina tocó el timbre, pero nadie abrió la puerta. Al ver que nadie salió en el segundo campanazo, buscó la llave, la insertó en el cerrojo y la giró. La puerta se abrió, recogió la maleta y la puso en el pasillo interior.

Romina quedó con una expresión de asombro. El pasillo estaba limpio, no estaban las pinturas que con mucho ahínco había colgado en las paredes. En la sala, los muebles estaban destruidos. Las alfombras, repisas y lámparas estaban fuera de lugar. Quizás era el turno para verificar algunas sospechas acerca de unas cosas de Muriel.

Las dudas en cuanto a las actitudes recientes de su marido correspondían a esta bienvenida sorpresiva. Entonces, se desplazó hacia la recámara buscando el número de Muriel en su móvil. En el cuarto todo se encontraba igual que en la sala, y mientras marcaba el número, sabía que los perpetradores buscaban algo importante.

El teléfono de Muriel se fue a mensajes después de tres tonos, y llamó al 911.

Romina giró y corrió a través de una puerta hacia la biblioteca. Los libros estaban desparramados sobre el piso. Comenzó a girar en círculos por la desesperación, tratando de descifrar la razón de la fechoría. En pánico, salió disparada con rumbo fuera del edificio y colisionó con un hombre.

Romina pegó un alarido por su vida.

18

Un hombre corpulento, de pelo ondulado, con lentes gruesos vestido en camisa polo gris, pantalón negro y una chaqueta deportiva azul, apareció en medio de la sala enseñando sus credenciales.

—¿Señora Lomas?

—Dígame..., ¿qué usted quiere? —Romina respondió en estado nervioso.

—Soy detective de la Dirección de Investigaciones Judiciales..., Sam Cordell. ¿Cuándo fue la última vez que vio a su marido?

—¿Muriel..., que pasa con él?

La mujer estaba temblando, como si presagiara algo terrible.

—¿Podría venir conmigo..., por favor?

—¿A dónde? ¿Qué le ocurrió a Muriel?

—Me da mucha pena decirle que está muerto. Lo siento mucho...lo envenenaron.

—¿Envenenado? ¿Cómo? ¿Dónde?

—Le explico todo en el camino.

Como si hubiese pronosticado la muerte de Muriel, Romina miraba fijamente las marcas blancas en el centro de la carretera tratando de esquivar el ritual que muchos no quieren enfrentar.

En la morgue del Hospital Gorgas, el encargado jaló un cajón de metal con una silueta familiar bajo una sábana azul húmeda. Cordell levantó una esquina de la sábana en la parte inferior y reveló un pie desnudo con un tiquete atado al dedo gordo. Se inclinó para leerlo. Satisfecho, cubrió el pie, y luego se trasladó al otro extremo para descubrir la cabeza. Cuando la sábana comenzó a levantarse, Romina miró hacia el piso, cerró los ojos por un momento, y luego miró hacia el rostro del cadáver.

—¿Bien…, Señora Lomas?

Ella hizo un gesto de identificación positiva.

—¿Está usted segura?

Romina repitió la mueca y manifestó que siempre lo presintió por el tipo de trabajo que Muriel llevaba.

—¿Podemos irnos? ¿Por favor?

19

En la oficina de Cordell el cajón de la mesa hizo un chirrido al abrirlo. Una fotografía de Muriel Lomas descansaba boca arriba en el cajón, la cual Cordell sacó y comenzó a estudiarla.

—Necesitamos averiguar mucho de las actividades de su esposo. Es procedimiento normal que le haga unas preguntas.

—No me decía mucho. Mantenía sus actividades a sí mismo.

—¿No hay nada que me pueda indicar? ¿Nunca lo escuchó hablar de las batallas de su marido con el hampa? ¿Qué sabe de su cercanía con las operaciones federales anti-drogas de la DEA?

—Estaba anuente de eso, pero nada específico sobre los casos individuales, ni de la DEA.

—¿Nunca escuchó sobre un complot para sacar a Muriel de la procuraduría y responsabilizarlo de todos los problemas de la institución?

—He leído y visto en televisión mucho acerca de eso, pero creo que tiene trastoques políticos, como todo por aquí. Nunca pensé que mataría a Muriel.

—Imagino que leyó que la semana pasada hubo una amenaza de bomba en el edificio donde trabajan todos los fiscales antidrogas.

—No..., la semana pasada estaba en Puerto Rico.

—Por último, Señora Lomas... ¿No ha escuchado que el tratado comercial con Estados Unidos incluye una intromisión de ICE, la cual, algunos oficiales de la DEA sienten que fue la razón primordial para que un fiscal renunciara su posición?

—¿ICE? ¿Intromisión?

—Perdone la expresión..., ICE es la agencia investigativa del servicio de inmigración y aduanas americano. Es la rama de investigaciones en ultramar, parte del Departamento de Seguridad americano. Algunos locales piensan que ICE no debe ser parte del tratado comercial.

Romina estaba pensativa, pero continuó—¿El tratado comercial que fue aprobado recientemente? Pero ahora usted está hablando en grandes ligas.

—Discúlpeme... ¿Sabe por qué Muriel se iba de Panamá?

—¿A qué se refiere?

—Su esposo compró un boleto aéreo con destino a Brasilia. Se iba mañana a las 10:00 a.m.

—Ahora sí estoy confundida.

Romina buscó en su cartera, y Cordell le deslizó un paquete de cigarrillos sobre la mesa. Ella se lo envió de vuelta de la misma manera, y produjo un paquete de tarjetas de béisbol marca Topps. Comenzó a desenvolver la goma de masticar que venía dentro del paquete y se la puso entre los dientes. Con la yema de los dedos esparció seis tarjetas de peloteros sobre la mesa y murmuró—Yadier, Kemp, Zambrano, Heyward, Beltrán y Calicho.

Cordell observaba con detenimiento haciendo todo tipo de muecas, pero sin preguntar nada.

—¿Era estadounidense?

—No..., canadiense..., tenía doble ciudadanía.

—¿Se especializaba en otra cosa que no fuera derecho?

—Que yo sepa..., ninguna.

—¿Tenía algún tipo de riqueza? ¿Su familia vive en Canadá?

—No creo..., su padre falleció hace muchos años. Era un especialista en refrigeración. Si vamos a un supermercado y apesta en el área de las carnes..., perdieron la oportunidad de su atención, su esfuerzo en refrigeración. Era el mejor en la materia.

—Ahora..., acerca de las finanzas de Muriel. ¿Cuál banco prefería?

—No lo sé.

—Vamos, Señora Lomas... ¿No sabe? No hagamos una ridiculez de todo esto.

—Le digo la verdad. No tengo ni una idea.

Cordel prendió un cigarro y se levantó de la silla rumbo a la ventana.

—Por favor…, no—Romina le rogó que lo apagara con la mirada, y él lo hizo dejando el tabaco humeante sobre el marco externo de la ventana.

—La semana pasada su marido sacó del banco 325-mil balboas—Cordell se pronunció y le pasó una copia del recibo bancario. Entonces aclaró que obtuvo la información por medio de una orden judicial.

Luego el Inspector tomó el teléfono e hizo una llamada. De inmediato una secretaria trajo una caja de cartón y se marchó.

—Estas son las pertenencias de su marido.

Romina se percató entre las pocas cosas de Muriel, había una carta dirigida a ella. Abrió el sobre y comenzó a leerla en voz alta:

Mi querida Romina, espero que estés disfrutando la isla. Hemos estado muy ocupados acá. Espero verte muy pronto. Adios, MURIEL.

P.S. Puse mis manos en T206, pero tiene una grieta. Hablaremos de eso en Bon Profit.

—No es mucha información—dijo Romina perpleja.

—Nos tomamos la libertad de verificar con Benigno y Janeth en Bon Profit…, en ambos restaurantes, Vía Argentina y en La Boca. Terminamos en cero. Muriel pagó en efectivo, y Google no quiere contarnos nada sobre T206. ¿Tenía tarjetas de crédito?

—Creo que sí tenía tarjetas.

—Tuvo..., diríamos. No hay ninguna activa, pero estamos indagando más profundo.

—¿Eso es todo? ¿Me puedo ir?

—Hay algo más, Señora Lomas..., Muriel tenía en su itinerario hablar con un joven reportero. Su nombre es Kasper Giralt. ¿Lo conoce?

—No..., no lo conozco—dijo la mujer mientras comenzaba a masticar otro bloque de chicle, fresco del paquete de peloteros.

sperando el mismo ritual de acostar las tarjetas sobre la mesa y hablar con sí sola, Cordell tomó la iniciativa—¿Hay algo más que me pueda iluminar para llegar al fondo de esta situación?

—Voy a necesitar más chicle pronto. Tengo que irme ya..., si no le importa.

Romina salió de la DIJ como alma que lleva el diablo acariciando la brillantez sobre las tarjetas de los héroes de verano.

20

Era el atardecer en el apartamento de Lomas. El piso estaba vacío como antes, todo estaba en silencio, sino por un pájaro picoteando el vidrio de la ventana. Romina lo observaba tratando de adivinar si era que usaba el reflejo para competir por territorio con su otro yo que parecía imitar sus destrezas. La maleta permanecía cerrada al lado de la ventana, y Romina la utilizaba para apoyar sus cansados pies.

Con lágrimas de impotencia en los ojos, pensaba en Dolfi, si en realidad había memorizado su teléfono. Pensó que lo más probable el tal Adolfo Bristol era parte de la puntada de lo acontecido a Muriel. Mucha gente observaba con inquietud la caída de la enorme obra que, desde hacía muchos años, crecía en la imaginación y el deseo del gobierno. Todo pudiese tener conexión en este mundo de maldad.

Muriel había partido y para sacarlo de circulación tuvieron que acudir a lo peor, aunque se avecinaba un periodo de los más lúgubres era necesario impedir que el Estado no se volviera más terrorista que la insurgencia mafiosa que Muriel pretendió combatir. Lo más seguro que las interrogaciones del Inspector tenían que ver con el macabro lenguaje de los tráficos ilegales modernos—drogas, armas, humano, lavado de dinero e intelectual. Podía deducir que las fuerzas de seguridad locales no eran aptas para frenar los carteles. Por eso, ICE era parte integral de los compromisos adquiridos, y paradójicamente, Muriel había pagado en carne propia como recurso para que alguien tomara la batuta en su obra.

Inmersa en el solemne protocolo de cavilar cada posibilidad, escuchó un ruido de una puerta abriéndose. A medida que comenzaba a moverse sigilosamente buscando protección, hubo un momento de silencio. Oyó los pasos, cada vez más cerca. Un hombre estaba dentro.

—¿Qué haces aquí? —dijo sorprendida.

—Llamé por teléfono, pero nadie contestó. Sólo quería darte el pésame—dijo Adolfo, quien estaba vestido con camisa blanca de mangas largas, jeans apretados, y zapatos de lona gris Sperry.

—¿Cómo te enteraste?

—Está en todos los periódicos..., en primera plana.

—Gracias por venir.

Después de un momento de silencio, Adolfo explicó como accedió al apartamento.

—Soné el timbre varias veces, pero creo que no está funcionando.

—El timbre está perfectamente bien—dijo Romina, y Adolfo supo que regresaba a la forma intransigente de Fajardo, pero decidió callar.

—¿Escuchaste del muchacho de las pizas que le dispararon, y la chica que tiraron del puente elevado?

Sin contestar, Adolfo caminó buscando los interruptores de la luz eléctrica. Vio uno, lo encendió, y el foco seguía apagado. Movió otro interruptor y no ocurrió nada.

—Creo que tumbaron la electricidad para introducirse aquí—dijo Romina meneando la cabeza.

—¿Necesitas ayuda para poner todo en su sitio original?

—Quiero dejarlo todo como está, no sé por qué.

—Entonces... ¿Qué sigue para ti?

—Me regreso a trabajar con el grupo de astronomía.

—¿Trabajo en qué?

—Conocí a Sara en la Universidad Cambridge, en Inglaterra. Cuando nos graduamos en Cosmología, nos enteramos que NASA estaba instalando un laboratorio en Coclé, cerca de Penonomé. Estamos muy contentas por el telescopio Meade LX200GPS Schmidt-Cassegrain de catorce pulgadas donado por el gobierno francés. También creamos una sala de exposiciones astronómicas con exhibiciones que incluyen a personas que han sobresalido en la astronomía.

—Espléndido, creo que debes dedicarte a eso a tiempo completo.

—¿Y tú..., a qué te dedicas?

—Yo..., aquí y allá. Crecí viendo a mi padre jugar softbol con los Rum Lovers. Fueron campeones cuatro temporadas corridas en la liga de escuadrones en Howard. Luego mi padre fue árbitro por muchos años, pero físicamente ya no puede ni subir las escaleras.

—¿Tus padres viven en la ciudad? ¿Se llevan bien?

—¿Qué clase de pregunta es esa? Si..., excelente, y no..., andan por el interior. Pero...te ves preocupada.

—Las autoridades probablemente piensan que yo lo maté.

—¿Piensas que estaba manejando algo extremadamente serio? Lo siento mucho por las familias de esos muchachos inocentes.

Tomando su mano, Adolfo susurró—vamos, no puedes quedarte aquí.

—No sé a dónde ir.

—Te encontraré una posada.

—Espero que no tan cara.

—Estadías baratas y limpias es lo que sobran acá. Mañana te puedo ayudar con las honras fúnebres, luego te llevo al observatorio si lo deseas.

Romina hizo un gesto para aprobar el plan, jaló la maleta y salieron. Romina se detuvo en la puerta y miró hacia atrás.

—Me encantaba este lugar, pero Muriel nunca se percató. Sólo lo que representaba para él. Creo que prefiero que se quede como está. Por suerte mudé gran parte de mis libros y otras memorias al observatorio.

—Vámonos..., no vale la pena seguir aquí, Romina.

—¿Y qué harás tú el resto de la noche?

—Algunos de nosotros tienen otras encomiendas...tu sabes cómo es eso.

21

En Union Church cerca de la antigua alcaldía de la Zona del Canal, la banda de los bomberos estaba lista. El director de la banda se paró al frente y en un instante la música inició con un rugido. El ataúd descansaba sobre una plataforma baja con un ramo de flores o dos en la cabecera, la tapa abierta. En el interior la cara maquillada con gran realismo—los restos de Muriel Lomas.

Sam Cordell estaba presente, taciturno, sus ojos clavados en el piso de madera con sus manos juntas en forma de reverencia, pero probablemente escrutando la concurrencia. A su lado, Genaro Solís.

Las filas de asientos de madera estaban repletas de gente, sobre ellos poca luz por lo alto del techo. En la primera fila, Romina y Sara estaban sentadas con algunos bichotes del gobierno y sus cónyuges.

Legisladores, ministros y magistrados de la Corte Suprema cuchicheaban entre ellos la perspectiva del remplazo de Lomas. Quien tomara el puesto se vería obligado a enfrentar la línea de fuego que Muriel había encarado con todo el sentido de las artimañas. Quizás el siseo de los Padres de la Patria no tenía nada que ver con la selección del próximo procurador, ni si el Presidente iba a plantar otra ficha política a su favor, sino que en las altas esferas era evidente que el ardid de Lomas jugaba en cualquier base y desde que el hampa había penetrado la política, el sucesor necesitaría amarres para tamaños trece. Los únicos que faltaban eran Ismael Miranda y Andrés Jiménez para cantar el himno de remplazo difícil: Los zapatos de mi viejo.

Romina giró su cabeza cubierta con velo negro ante la concurrencia—es exactamente lo que llamamos una reunión de familia.

—¿Muriel no tenía parentela? —susurró Sara con Jaramillo pegándose a las caras de ambas, pues el metiche estaba en todas.

—No me preguntes..., él sólo me tenía a mí—susurró de vuelta Romina apuntando a Cordell—si Muriel hubiese fallecido en cama ni él estaría en el funeral.

—Por lo menos, sabe comportarse en funerales, se está muriendo por fumarse un tabaco local con envoltura falsa Cohiba.

Ante esto, Jaramillo volvió a torcer la inocente sonrisa finamente amaestrada a través de sus siete cortos añitos desde que Sara botó al papá por un escándalo con un video en un notorio push-button, y que llegó hasta Tailandia.

Cordell mantenía su mirada sobre las tablas de cocobolo y solo faltaba que se presentara Telly Savalas, el actor de la serie de televisión: Koyac, pues el Inspector había detenido la reverencia de manos y se mascaba las uñas metódicamente. Mientras, Solís le hacía buen juego escrutando la muchedumbre.

—¿Hay algún indicio de quién lo hizo? Preguntó Sara.

—Hasta hace dos días conocía de Muriel sólo su nombre. Ahora parece que también debí inmiscuirme en los nombres de sus amigos allegados—dijo Romina subiendo la voz a tal grado que a unas viejas copetudas en la primera fila las orejas le vibraron como a murciélagos chasqueando los dientes a doscientos por segundo.

La puerta lateral de la iglesia se abrió y una raya de luz penetró como rayo desde la gloria. Todos giraron, miraron a la puerta y vieron una silueta masculina, con botas tejanas y chaqueta de motociclista con el logo: Sons of Silence. El hombre era algo obeso y bloqueaba la luz por su tamaño descomunal.

Se detuvo por un instante, luego cerró la puerta hacia él. Ned Newell casi no veía, era calvo, en sus cuarenta, escudriñaba nerviosamente como un ciego vestido de blanco en una estampida de toros en San Fermín. Caminó el pasillo y para no chocar con Cordell y Solís tuvo que ajustarse los vidrios que llevaba colgando debajo de las cejas canosas.

Mientras se acercaba al féretro, Cordell pensó que pronto debía ver si su Harley aún estaba estacionada afuera, pues no quería que este individuo la confundiera con la suya. El hombre miró la cara de Lomas y fingió actuar con dolor. Se viró, colisionó una agria mirada con la de Cordell y marchó pasillo arriba buscando un espacio en la parte trasera para sentarse.

—¿Lo conoces? —preguntó Sara remojándose el dulce carmín de los labios.

—En mi vida lo he visto. Qué... ¿quieres que te lo presente?

—Pienso que es un notable amigo de tu difunto.

—Cuéntame de tu lado intuitivo.

—¿Y por qué no habría de venir directo a dar su último adiós?

—Tiene sentido..., me gusta tu orden analítico.

Sara giró y clavó sus pupilas de ensueño en las apagadas de Newell. Pero los tuvo que apartar cuando el sonido de la puerta interrumpía tan cálida ocurrencia. Todos giraron y esto se estaba pasando de la raya.

De nuevo una figura de hombre irradió en el plano del destello diurno. Fuster Adorno cerró la puerta, hizo un gesto a Ned Newell quién ya roncaba, y se dirigió al ataúd. Era alto y delgado, también rayando los cincuenta, con pelo color arenoso, un rostro curtido por la intemperie, y ojos azules como los que soñaba Adolfo Hitler, aunque los suyos fueron más prietos que la oscura insignia del SS. Vestía un traje de terciopelo de lana fina celeste, corbata azul oscuro, y en su solapa traía prendida una mini-bandera metálica de Estados Unidos. Obviamente conocía la tradición panameña de vestir formal en la ciudad, y en guayabera blanca si las honras fúnebres se llevan a cabo en las provincias interioranas.

Trastabilló con paso inestable por el pasillo hacia el ataúd. Adorno miró la iglesia llena como si penetrara las paredes. Llegó, se quedó observando el cuerpo de Lomas, agarró la baranda del féretro para evitar una caída y tambaleándose sobre sus pies arrancó la bandera de la solapa y la tiró sobre el difunto con medio respeto. Luego vino cerca de Romina y se encorvó con dificultad al notar las faldas demasiado cortas de Sara y los ojitos de aquel pedacito de diablo con cara y orejas pecosas de yo no fui.

—¿Señora Lomas?

—Si... ¿Dígame...?

—Muriel no tenía necesidad de terminar así, tratamos de que no cometiera errores.

—¿De qué errores habla?

Adorno miró a Cordell con una mueca y partió a buscar un banco mientras el Inspector y su compañero forense intercambiaban miradas de esperanza.

La puerta de la iglesia se abrió como si una tormenta la azotara y el ruido fue ensordecedor. Por allí entraba otro gentil inmenso, quien fue cordial al cerrar la puerta y aun con el eco saltando sobre las paredes y los tímpanos de los presentes, se encaminó en la misma ruta del adiós. Hanz Coulter estaba pasado de peso, era alto y con hombros anchos, pero lucía fornido y en buenas condiciones físicas. Era posible que el meneo fuera relacionado al abuso de guaro. Este no se apeaba de la nube número nueve, pues su cabeza— debajo del cabello negro y largo, peinado hacia atrás con una plasta de brillantina—no conocía el rigor de la vestimenta metropolitana cuando uno se muere. Vestía en camisa blanca de manga corta y los pantalones arrastraban sobre unas zapatillas con varias campañas maratónicas. Sus cejas eran predominantes y hacían juego con la prominente nariz, y hoy prefirió lucir un bigote bastante arropador que no se sabe si sería posible bajarse un sancocho del Bingo Noventa.

Parecía de edad similar a los otros dos hombres y durante su estadía mantuvo sus dos manos profundas en los bolsillos delanteros del pantalón. Se aproximó ante la atónita congregación que más ponderaba estar en el Teatro Abba en una obra de Anina Horta que en la casa de ruego. Miró medio bizco y parpadeando continuamente dentro del sarcófago, y en unos segundos deslizaba la goma de las zapatillas fuera de la iglesia con un portazo.

Cordell y Solís se levantaron, pasaron cerca de Adorno y el dormilón de Newell para perseguir el tercer mosquetero, y no sabemos si lo cogieron, si llegaron a hablar, o si tranzaron alguna pista que pudiese girar la balanza hacia el lado de la justicia sospechosa, pero presumidamente ciega.

Romina sintió una mano sobre un hombro y echó un grito. Al bajar las nalgas sobre el duro banco por el sobresalto, vio que era Jaramillo. Justo antes de por poquito haberse ganado un espléndido sopla-mocos el niño entregó un sobre blanco a Romina, y ella lo tomó con discordia. Sara estaba casi sobre ella—
¿De quién es? No huelo colonia varonil.

—¡Que colonia ni ocho cuartos! Compórtate, que no estás en el Boite Churubé.... Es una nota de Karla Overman. Quiere verme A-S-A-P en Cuenca Libre.

22

Dos hombres en un camión entraron a Saigón Chiquita, un residencial con guardia de seguridad en Pueblo Nuevo. Como era de esperar, el centinela los dejó entrar sin anotar las placas y tipo de cargamento. Pasaron la primera intersección, giraron a la izquierda en la calle del fondo y se detuvieron en una casa de dos plantas. Metieron el vehículo en la cochera y salió una mujer blanca de pelo rubio, un poco gorda, con gafas oscuras y aspecto extranjero. Su voz era agradable pero firme al entregarle al hombre que parecía un sapo concho un maletín gris. La mujer se metió en la residencia como si les tuviera miedo a los vecinos. Dos hombres salieron y comenzaron a introducir unas cajas de cartón dentro de la vivienda.

Alfaro Stokes, el chofer, y Cancel Lozada eran parte de una red de contrabando, acostumbrados a rumiar lugares como este—aparentemente, tranquilos e insospechables con guardias amigables—en horas oscuras de la mañana.

El enano hablaba por un radio portátil, mientras el flaco Alfaro miraba su ridícula figura de mandón, y se preguntaba a sí mismo si todos los individuos chiquitos son rufianes y acomplejados para balancear sus inequidades físicas. Enano Lozada tenía protuberancia de vellos por todo el cuerpo, lo que hacía su perfil más asqueroso. Su tez era clara y opuesto a lo que se estima de los blancos, Cancel irritaba a Alfaro con su mal hábito de comer almejas en aceite directo de la lata. No empero, tenía capacidad financiera para comerse cualquier corte de carne que le viniera en gana o vestir con un traje Armani de esos que cargan los mastodontes de la NFL gringa. Alfaro lo había visto en uno de esos, pero sabía que el sastre tuvo que saltar siete garrochas para acomodar la difícil anatomía de Cancel.

—Esta carga es la tercera—dijo Cancel por radio ajustando la frecuencia—dicen los vecinos que ya no podemos operar aquí.

—No te preocupes—sonó la voz al otro extremo— tira esa, busca otra y dile a Thelma que me explique los detalles luego.

Cancel hizo una pausa breve—¿Perdón? Tengo que ir a recoger rifles M-16, AKs y Glocks. Tengo una reunión en Veracruz al alba.

—A mí no me importa lo que tengas que hacer... ¿A quién vas a matar ahora si los batalloneros pasaron de moda? Tus órdenes son claras y simples. Deja el material, recoge otro camión y si es necesario métete en un hueco, pero también necesito que estés al tanto de esta situación de Lomas. ¡Cómo odio que me contradigan!

Alfaro suprimía una sonrisa burlesca mientras se peinaba el cabello. Tenía puestos unos zapatos bien hermosos porque creía que una impresión por los zapatos te lleva a cualquier cosa que necesites. El lustre del cuero lo transportaba a través de cualquier puerta, no importa que tan hermética. Metido dentro de su estilo Aloha existía una figura como la de Adrien Brody, con fibras musculares bien definidas y hasta el olor a grasa le daba nauseas. Su pensar y postura era sinónimo de Brody en la película, El Pianista, pero Alfaro estaba caminando otra línea angosta pintada de rojo.

Esperó a que Cancel apagara el radio portátil y habló—es un tal hijo de madre. ¿Cómo llegaste a meterte con él?

—No me acuerdo, pero si quieres liberarte camina la fila del desempleo.

Alfaro encogió los hombros—Mario... ¿Qué te hace pensar que voy a quedar sin trabajo? No tienes idea los clavados que he tenido que saltar..., y no hablo de Cancún. He hecho esto y aquello, por aquí y por allá.

—No lo dudo, solo cuídate el trasero. Te estás metiendo con los pejes gordos, oye que te lo dije...

—Aprecio mucho tu consejo, pero..., me pregunto quién sobrevivirá más largo, si Mario Damon o Cancel Lozada. Déjame adivinar, tuviste una oportunidad dorada..., y la jodiste. ¿Es por eso que regresaste disfrazado como Bozo? Tuviste un contacto fantástico, un contratista de defensa y no lo supiste utilizar. Le metiste billetes al frente para que te facilitara los contratos y luego los sobornos eran orden para que tu pequeño grupo de ejecutivos obtuvieran los contratos. ¿Qué demonios estabas vendiendo...cables de computadoras a los extraterrestres de Roswell? Leí con gran pena que los federales amontonaron agencias investigativas por un tubo y siete llaves detrás de tus operaciones. Te dejaron correr por varios años y te pusieron el collar cuando defecaste en el llano de la vecina.

—¡Ajá...! Eso es, sabes todo el marullo. También creo que aun tienes celos por lo de Elyria.

—Te equivocas, Mario. Ya barrí a Elyria fuera de mi vida hace mucho tiempo. Eso es, desde que me enteré que le estabas dando pa' bajo. ¿No te acuerdas de aquella madrugada..., eran como las dos? Fui a mi residencia en Corozal a buscar un bate que tenía guardado en el depósito exterior. No tenía necesidad de entrar, pues ya estaba separado legalmente de Elyria. Pero una corazonada me pidió que girara la llave en la cerradura. Entré, vi tu sombrero sobre el sofá, y miré a la recámara principal. Estabas sentado en la cama, borracho como siempre. Elyria se arrodillaba, pero no..., sólo te estaba dando un consejo, pues la mañana siguiente ibas a una corte marcial. Con bate en mano te pedí, honorablemente que te fueras. Te pusiste la ropa, agarraste el sombrero y te paraste erguido. Al verte metiendo la barriga y sacando el pecho como un gallo giro, vi el mismo duende confiado y dominante que la FBI y seis otras agencias mandaron al laberinto. Pero ahora me pregunto por qué tan poco tiempo. Dime Mario... ¿Qué te traes ahora bajo la manga?

—¿Y qué? ¿Todavía tienes celos? ¿Ahora vienes a darme lecciones? Tú si puedes..., tienes labia porque sacabas cigarrillos, cervezas, salchichas, pavos y cuanta madre del comisariato para contrabandear. ¿No fuiste el suplidor de todo Chorrillo y San Miguel? ¿Y qué de tu partida del ejército con carta deshonorable? Te crees gran mierda tratando de prenderme el rabo del burro por mi error. ¡Refréscame la memoria tanto te salga del forro!

—Mario..., mi pequeño e insignificante Mario... Estás en lo correcto. Me atraparon tirando bolsitas de diez en el Club One-Two-Three de Clayton. ¿Y qué importa si le vendí a un agente infiltrado de la CID? ¿Y qué importa si obtuve mi diploma en derecho mientras estuve encerrado? Ahora tengo tremenda conexión en Guatemala. Sé cómo traer las alternadoras y sé cómo protegerlas de la migra. ¿Quién crees tú que corre la Red de Aviso? Yo mismo..., y tú eres un perdedor.

—¿Eso es lo que has estado corriendo todo este tiempo? ¿Una red de extorción de zorras? ¿Cuánto paga extorsionar la chica que llega a Valet Silicón en el Lamborghini rojo? No me imagino tus ingresos por debajo de la mesa. Me gustan tus iniciativas empresariales—dijo Cancel Lozada levantando en brindis un vaso plástico medio vacío de borras negras de café.

—Pero espera..., hace unos segundos Órvil Braschi te dijo en el portátil que eres un estúpido incomprensible, porque no puedes seguir instrucciones..., es por eso. ¿Te acuerdas de tu empleadita en Cocolí?

—¿Quién? ¿Suria? —Mario preguntó con una amplia sonrisa.

—La misma..., Suria Matos. Después de salir de trabajar de tu casa paraba en Saguán de Gaillard a verse con los Marines. La misma que se dejó preñar de aquel gordo de La Chorrera. Entonces no le diste ni un centavo en manutención. ¿Estás seguro que ese niño no es otro bastardo cabeza de jarrón?

—Anda, dímelo..., hazme sentir mal, súper terapista.

—Cuéntame..., Mario. ¿Mataste a Suria cuando supiste que un infante de marina procreó tu hijo?

—¡Vete al infierno! Tú sabes quien eliminó a Suria.

—Si..., estoy enterado, eso pasó cuando introdujiste la calentona Suria a Brolin. Iván cayó locamente enamorado de ella. Hasta le regaló la mitad de La Leyenda. Entonces llegó Thelma y de ahí el resto es historia.

—No toques eso..., Alfaro. Si afirmas que Brolin asesinó a Suria, andas por Timbuktú.

—¿Y a quién tumbaste ahora, Mario? ¿Por qué andas corriendo?

—No sé de qué hablas. Serví mis cuarenta meses en la biblioteca de la prisión. Ahora vine a gastar mis sobras.

Estos dos existían engreídos poniendo dolor en sus cosas personales. Les gustaba hablar del gran diseño de actividades ilícitas con la economía de asegurar estética en todo lo que pudiese infligir tensión mutua en cada misión.

23

Sam Cordell y Genaro Solís fueron a la escena dónde Tony Mota recibió un disparo, aparentemente hecho por un francotirador a distancia.

—Naro, tú estuviste aquí temprano. ¿Qué opinas?

—Tony había trabajado con Lucy Lee en Shilam Balam por tres meses. Era un trabajador excelente con una esposa joven y un hijo. La familia asegura que algunas veces llegaba a la casa corto de plata. A parte de eso, muy inteligente, pero acostumbrado a la actividad preferida de la juventud, el consumo de licor. Tony creció en un círculo de pobreza en San Miguelito. Con esmero su familia lo apoyó en su educación y lo guiaron a que no se uniera a las pandillas locales, pero dejó la universidad para levantar su familia.

—¿No tenía vicios de juegos de azar? ¿Drogas? ¿Una novia escondida? ¿Cualquier hábito que no fuera lo que llamas: actividad preferida?

—Hasta ahora, nada. Era joven, con un expediente limpio, devoto a un entretenimiento con motocicletas. Fue por esta razón que Lucy le dio trabajo haciendo entregas. De hecho, Lucy vino de Camboya hace un año y estableció el restaurante apostando al éxito de la comida rápida en el oriente. Cuando Tony aplicó, tenía el sueño por una Honda Air Blade. Lucy había visto el modelo en Phnom Penh, muy popular entre los jóvenes, y ordenó una para Tony. Prometió que le pagaría hasta el último centavo del préstamo. De inmediato, comenzó a ostentar la alta tecnología de la moto a sus amigos. La Air Blade posee características PGM-FI, que ahorran un quince por ciento en combustible y produce un ochenta por ciento menos emisiones de gases peligrosos. A Tony le gustó mucho las utilidades del modelo, especialmente el cajón U-Box, que ofrece un montón de espacio para carga.

—Muy bien... ¿Y qué hay de Juliana Rivas?

Entretenidamente, Genaro Solís reveló el caso policiaco en el cuál un ejecutivo extranjero reportó un incidente de chantaje. Fue en un callejón aislado, cerca de Valet Silicón. El estadounidense aseguró que estaba reunido con una ejecutiva discutiendo un envío de logística para el día siguiente.

Valet Silicón era un lugar especial para conocer otras personas si se comparten intereses mutuos, y si se han conectado con una red social en la actividad rentable del turismo sexual. La queja fue investigada por la división de asuntos internos de la policía, pero no progresó.

Dos policías se acercaron a un coche estacionado a las dos de la mañana. Adentro estaban un hombre de unos cincuenta años y una mujer un poco más de veinte, y escucharon las voces de los oficiales. El hombre giró las llaves en la ignición, pero la mujer señaló que esperara, asintiendo con la cabeza que tenía el control de la situación. El sargento tocó la ventana del lado del conductor, mientras que el cabo se movía por el otro lado.

—Licencia y la registración por favor.

—Es de alquiler…, estoy de visitas.

—Sabemos que usted es turista, y sabemos que no está mirando las grandes estructuras arquitectónicas en la ciudad, son casi las tres de la mañana— dijo el policía con su mano derecha puesta sobre la vaqueta de la Glock.

El norteamericano miró a la chica buscando asistencia.

—Necesita que le des algo para el café—dijo la joven con certeza.

—¡Claro que no! Aún no hemos hecho nada malo. Diles que no voy a pagar ningún café—dijo el hombre en español perfecto.

Negociar a esta hora era un grave error. La policía en las calles sabía exactamente lo que estaba ocurriendo. Esa parte de la ciudad era el eje central de las ganancias con la prostitución no asociada a clubes nocturnos. Los que vienen aquí para participar en ella sabían cómo planificar sus viajes, organizándolos a través del sector tradicional del turismo, y fuera del sector, pero utilizando sus estructuras y redes con el propósito principal de saciar placer personal. Era evidente que a este individuo no le importaba asimilar las reglas mediante el reconocimiento de los roles de los jugadores claves. Debió saber que las reglas de distribución de riquezas aplican no importa la hora.

—Nacho, sácala y llévala a la esquina—ordenó el policía al compañero.

—Espera..., está bien. Aquí están los documentos del automóvil, y el café debe estar calientito—el hombre había estudiado el lenguaje, y pasaba veinte palos con la papelería.

—¿Usted sabe que ella trabaja independiente? Obviamente no conoce los riesgos. Y obviamente usted no quiere gastar más dinero en un club legal. Yo soy fanático de los Yankees, y necesito que A-Rod pegue sobre cuarenta macanazos de largo metraje esta temporada. ¿You got the coffee, my friend? —ahora era el sargento el que hablaba inglés perfecto. Lo que te enseña la calle.

Al extranjero le habían caído las de las malas. Le doblaron la tabla de carreras anotadas en un dos por tres aun sin que Derek Jeter se metiera en base. Coffee was ready, and more...

—Sí, eso es todo..., esperamos que su estadía sea sin aprietos adicionales. Es verdad, usted no ha cometido ninguna infracción, pero Rita se queda con nosotros para cuestionarla.

—Naro... ¿qué tratas de decirme? ¿Qué lograron pasar el mensaje para una buena coima?

—Sam, eres tan ingenuo en las cosas fáciles. Explícitamente, Rita no permanecía en el país con una visa de alternadora. Ella no tenía contrato por tres meses, por lo cual no era necesario cruzar la frontera con Costa Rica en el día ochenta-y-nueve para regresar con otros tres meses de estancia legal. Rita no era una de esas que piensan que trabajar en las calles es más rentable.

—Bueno..., pero todavía no veo el sentido.

—Cree lo que quieras, Sam. Con el riesgo constante de la extorsión a bajo nivel de parte de algunos sectores especializados, tal vez la respuesta está en el timbre de advertencia a las alternadoras y su costo informal. Juliana Rivas no estaba dando una clase sobre el envío de vibradores libidinosos ni nada por el estilo. Tenía las narices hasta el fondo en la red de extorsión. Sin embargo, tengo la sensación de que algo le pasó a ella.

—Genaro, honoras la lealtad a tu propia experiencia. La arrojaron del paso elevado. Así que no me vengas con esa vaina. ¿Eso no es sensación suficiente?

—Me refería a que la pusieron a prueba asistiendo en el asesinato de Lomas. Recuerda que Alfaro Stokes lidera la red, y muchos reciben un corte de lo que produce. Es una operación bien ajustada con partes móviles y bien lubricadas.

—Claro..., el corte está en la extorción que los clientes y las alternadoras se tienen que tragar, pero esa idea tiene sentido. Ahora... ¿contiene espacio tu teoría para pensar que Juliana y Tony fueron desplumados de sus ingresos callejeros? ¿Y qué si Juliana le envió el mensaje a Tony para recoger su recompensa a las seis en Valet Silicón? Nivela el campo conmigo y aprobaré tu hipótesis—dijo Sam Cordell con trizas de las uñas flotando entre los dientes.

Genaro Solís levantó las esquinas internas del cejo, jaló la piel del centro de la frente hacia arriba y habló—¡Por dios socio..., eres tan asqueroso! Te apuesto una dona con un café de Carimbo que viene un cambio de responsabilidad en la Campana de Aviso.

Alfaro Stokes no sólo sufría riesgo de que le arrebataran el liderazgo en el timbre, sino que por conocedor de los numeritos personales de Mario Damon había estado infiltrado por años. Su amigo había sido acusado de participar en un complot para defraudar el Pentágono por ochenta millones en contratos de misiles, y ahora se materializaba la sospecha que siempre lavó mucho dinero en los clubes nocturnos locales. Cuando le montaron las pruebas, Mario acordó declararse culpable de soborno, ir a la cárcel por un rato, y pagar un total de tres-punto-cuatro millones de dólares en restitución. En lugar de ir a juicio y con riesgo de servir veinticinco años, contrató un buen abogado, delató a sus secuaces y obtuvo una reducción de pena sustancial.

24

D espués de dejar la escena donde Tony Mota murió de un tiro en la cabeza, Sam Cordell no condujo a la oficina. No se dirigió al caluroso y húmedo complejo de DIJ en la Calle Frangipani, sino a una casa tropical a cincuenta kilómetros al oeste en la parte de San Carlos que conduce a El Valle. Había llamado con antelación y en una hora la cómoda suspensión de la Harley lo llevó a través del portón blanco de la residencia en El Copecito. El hombre adentro de la casa se había quedado dormido en el sofá. Soñaba, comprobando que en sueños un observador externo siempre se encarga de mover las piezas y es intocable:

Es domingo de nuevo y son casi las tres de la mañana. Un silencio profundo arropa la colina. Estoy despierto pensando en esos refugiados adentro del alambre, pensando en las familias que perdieron seres queridos. Banderas sobre ataúdes no cambiarán el panorama. Temo que seguiremos buscando muertos en otro lado. Pienso en la destrucción de la ciudad, las tiendas saqueadas. No sé cómo se va a ejecutar la reconstrucción. Mara pronto vendrá en Escarlata. Iremos al comedor y luego tratará de barrer el piso conmigo en la cancha de tenis. *Mientras lo hace, sentirá mi incoherencia, mi timidez, mis caminos perfeccionistas, pero que hibernan impulso. Siempre quiere estar en control, y hoy tengo una excusa—estoy muerto de cansancio. Para cuando termine de pisotearme con la raqueta, sabremos quién llevará el título de juez, el de ayudante, el pacificador y el de narcisista. Todo por los rasgos competitivos que la cara triste de la guerra ha tocado. Pero no importa. Terminaremos el reporte con delicadez y seriedad. Serios como la condición que nuestras dos naciones han impuesto en nuestra gente que antes nos llevábamos como hermanos. Pondremos nuestra mejor parte en once días caóticos y crueles— el anagrama infernal. Yeshiel debió reunirse con Mateo la mañana que Karla y yo lo dejamos en la escuela. Tal vez Mateo tenía en su posesión el Plan de Guerra Sigilo Celeste. Karla estaba preocupada que Yeshiel no estuviese ayudando a Pauper en la extorsión del casino—que no fuera miembro clave de los Intelectuales. Es por esto que Yeshiel iba en el asiento trasero hablando en códigos por el radio portátil, quizás realmente habían ejecutado un pinchazo de película. Con el rumor de que Robinson Blair había regresado y que le trajo algo importante a Vincent Totten, entonces era cierto—habían perdido Plan Sigilo Celeste y nunca lo encontraron. La nación nunca recuperaría tan prodigiosa pieza intelectual. Siempre, durante las pascuas estaré a la espera de once días sin destrucción, sin colores sobre sarcófagos.*

El patio consistía en una extensión de gravilla negra y un espacio amplio para estacionamiento a la izquierda con un enorme tanque de agua en la esquina derecha del lote. Un cajón de bloques finamente repellados en concreto amortiguaba el zumbido de la bomba eléctrica que asistía a mejorar la presión de agua del pozo comunitario y sobrecargado.

La casa era de una planta, pintada en tres tonos sociables color melocotón. El techo era de Panalit rojo ladrillo, y acentuando el diseño fresco, las dos ventanas frontales llevaban una toldilla de Panalit para protegerlas de las inclemencias meteorológicas. Debajo de las barras metálicas de seguridad pintadas en blanco brillante un macetero hecho a mano con piedras y cemento era cuna de veraneras en diversos colores que parecían abrazar las ventanas.

Cordell tocó la puerta vigorosamente varias veces hasta que Elmer despertó, se levantó agitadamente y se secó el sudor que emanaba de su frente. Quitó el cerrojo de la puerta y ordenó a Cordell que entrara.

Con un apretón de manos y varias frases de introducción más dirigidas a reflexionar que no existe santuario tan privado que no presente colaboración—como la manera fantástica que el observador externo se siente seguro en un sueño—los dos hombres procedieron a recordar tiempos pasados.

—¿Cómo va todo, Sam? Tuve esa maldita pesadilla otra vez. Una de la ciudad destruida y saqueada y con muertes y desaparecidos. Pero no te preocupes, ponte cómodo en lo que preparo café—dijo Elmer mientras pensaba cómo contribuiría en la labor investigativa de Cordell.

El Inspector bajó los dos escalones de la sala hacia el comedor, asombrado por la decoración interna. Pensaba que igual que Mara y Elmer, él debía dejar atrás los triunfos y tragedias de las investigaciones judiciales, agarrar su esposa de treinta años de matrimonio y escaparse en la quietud del interior del país. Quizás sería bueno cambiar su repertorio de destrezas detectivescas por las sorpresas placenteras en el retiro. Se mantenía entre la cepa de aquellos que quisieran toparse con una maleta de dinero e intercambiar el estrés de Inspector por lo traumático de construir una vivienda como lo había hecho Elmer. Quizás le preguntaría si la razón por la que tenía el pelo absolutamente plateado era por construir tan compleja residencia.

—¿Dónde está la vieja? ¿Te dejó solo con las plantas? —preguntó Cordell sentado en el bohío cerca de la piscina con sus dos manos abrazando una taza de café humeante.

—Anda por Nevada. Tú sabes..., trabajo por cuenta libre, y no me está haciendo nada bien. Tengo una empleada local que viene una vez a la semana por veinte dólares diarios. No es que me falte la obsesión por la limpieza de Mara..., me hacen falta otras de sus cualidades.

—Bob dijo que Muriel Lomas estuvo dos días en su villa.

—Eso entiendo. Su esposa Romina estaba fuera del país. ¿No buscarías este lugar tan apaciguado si fueras el procurador?

—Claro..., hemos hecho bastantes logros en este caso.

—¿Qué tantos?

—Hasta ahora, hemos rastreado la pista en cada examinación científica, cada parámetro sometido al laboratorio, excepto el tipo de veneno que utilizaron. Tengo un buen equipo de expertos en el patrón de identificación de sangre. Hemos examinado el celular de Juliana. Tengo el IP y origen de los mensajes y todas las llamadas, era prostituta parcial. Estamos mirando en la trayectoria de la bala que mató a Tony Mota. Hemos confirmado que Brolin expandió su imperio en el casino con los esquemas de dinero virtual que Mario Damon trajo, y estamos procesando el decomiso de los residuos de su compañía Coherers Systems. Por lo menos los que sabemos que son sucios.

—Caramba..., tienes todas las bases llenas.

—Un par de incógnitas me queman los sesos— dijo Cordell, esta vez con la mirada clavada en el acertado ornato del vecino de al lado.

Lógica indicaba que el grueso de la investigación pedía trazar los pasos de Lomas para explorar si en realidad el crimen organizado estaba inmiscuido en los asuntos del gobierno.

—Necesito que seas franco en cuanto a qué Kasper estaba indagando con Lomas. Me gustaría saber qué era lo que Karla Overman tenía con Lomas y por qué la Junta de Control de Juegos se envolvió en un asunto privado, como cuando los rufianes de Ucrania le tumbarían a Iván Brolin la red si no pagaba una suma astronómica. Por favor, dímelo todo, Elmer.

—Siempre dudé sobre el interés de la Junta y creo que no había ninguna base legal para seguir envuelta después del robo de la lotería. Después que Brolin consiguió sus permisos, otra institución era responsable de que Brolin tributara lo necesario.

—¿No fue Miguel Dumas el que consiguió los permisos?

—Mario inició todo el proceso, pero se tuvo que ir a trabajar en Coherers Systems. Brolin decidió buscar otro buen abogado para terminar.

—¿Buen abogado?

—Me refiero a que Dumas tenía experiencia.

—Te escucho y entiendo perfectamente.

—En cuanto a lo otro, prefiero que le hables directamente a Karla. Creo que Kasper iba a entrevistar a Lomas a razón de una pieza de propiedad intelectual que tal parece, le interesa mucho al crimen organizado. No estoy seguro si tenga más información. Enviaron a Lomas a la morgue, y Kasper no está hablando con nadie, incluyendo nosotros.

—Entiendo. Has sido claro conmigo, y agradezco tu cooperación.

—Por nada, Sam. Sólo te digo lo que sé y lo que puedo.

Antes de que Cordell pudiera responder, Elmer aclaró que esto iba más allá de la protección de la privacidad.

Elmer sabía que Cordell tenía un trabajo que hacer. Aun con esto se preocupaba que la seguridad y la libertad de su hijo estuvieran en juego. La colisión de los acontecimientos tuvo impacto en la familia Giralt. En el lado sincero, la familia había ejecutado con fervor el periodismo que no divulga la información al dominio público hasta no explotar todos los ángulos para preservar los secretos protegidos.

lfaro escuchaba con atención y esperaba su turno para devolver los insultos a Mario. Años antes, Alfaro había comprado setenta y cinco gramos de cocaína pura en la Casa de Piedra en El Chorrillo. La cortó muy bonita y la embolsó para los soldados del ejército retornando de la jungla. Esto fue cuando las pruebas de orina no tenían instrumentos, no requerían observadores, carecían de procedimientos escritos para su ejecución, y básicamente eran inexistentes.

Una orquesta aficionada en salsa tocaba en el Club One-Two-Three en el área de infantería en Fuerte Clayton—lugar de reunión para los soldados de rangos inferiores. Algunos que habían probado el material comenzaron a alardear que era fuera de este mundo, lo que alertó a un agente de la División de Investigaciones Criminales rastreando el negocio de Alfaro. Era puertorriqueño, un poco menos de treinta años de edad, y su alias de infiltrado era Amadeo. Se sentaba en una mesa trasera con tres damas trigueñas, aparentemente para impresionarlas tenía consigo una trompeta. Cuando la orquesta comenzó a tocar seguía el ritmo de los instrumentos de viento con su trompeta, hasta que el director de la banda detuvo los sonidos y gritó—oye tú..., si piensas que sabes tocar... ¿Por qué no subes a la tarima y lo haces acá?

Amadeo pidió disculpas y dejó de hacer las de payaso, pues era hora de negociar con Alfaro en el baño situado justo al lado de su mesa. Adentro, Alfaro le vendió varias envolturas de cocaína y Amadeo le presentó una de las chicas.

En el fragor del baile, las mujeres, el alcohol, y la adicción que Alfaro estaba adquiriendo no se percató que la mujer que accedió a irse con él también era agente de la CID. Supuestamente iban en ruta a la garita trasera de Curundú, pero no pasaron del comedor militar conocido como Mech Donalds, que servía pollo con papas fritas y hamburguesas hasta la medianoche.

Por la mañana, Alfaro despertó en la Penitenciaría de Gamboa. Sentado en un banco de madera en el patio de la prisión, esperaba por su abogado—Miguel Dumas, un ex arquitecto, ex convicto por meter la pata en una estafa durante un proyecto de hospital en Penonomé. Era evidente que Alfaro andaba en el guiso del mal vivir y Dumas fue seleccionado estratégicamente para su defensa. El añejo juega vivo.

La cultura juega vivo, parida de las entrañas de la dictadura, o lo más probable que desde 1903 cuando Phillipe Bunau-Varilla hizo modificaciones al Tratado Herrán-Hay—acuerdo internacional firmado entre la República de Colombia y Estados Unidos— fue evento significativo por el nacimiento de la Zona del Canal.

Bunau-Varilla era francés, y los diez millones de dólares gringos eran destinados a Colombia—la cara del juega vivo y la teoría de que la pena va contra el autor de la falta siempre y cuando no se limite en sus bienes jurídicos. Trascendencia que le recordaba a la sociedad panameña que el vacío de normatividad jurídica a través de la corrupción política es la amenaza real a la democracia. Ya que la independencia de Panamá de Colombia había sido ratificada, Bunau-Varilla no tenía que aflojar su lana, pues Colombia ya no tocaba ni un pito en la decisión de Estados Unidos de construir el canal y establecer una colonia independiente llamada Zona del Canal.

Desde entonces, imaginémonos que esta sociedad conocía dicha teoría como impunidad. Fue quizás por el mismo precedente del poder para negociaciones políticas y financieras que los amnésicos secuaces de Dumas presupuestaron un hospital ante el Estado y se les olvidó un piso. Necesitaban un idiota que exaltara la necesidad de la inmunidad estimando que el delincuente hiere a la sociedad y lo hace doblemente cuando no recibe el castigo que la ley establece. A Dumas le tocó el rabito del lechón.

Prometieron a Miguel que su estadía en Gamboa sería para su bien, y para auto proteger a otros que más tarde serían jugadores cruciales en esto de que el Estado siempre cumple con su cometido jurídico, a menos que flotes un nivel plenipotenciario sobre el del hijo de la cocinera.

Es por esto que Dumas era el defensor de Alfaro, y para rastrearlo, pues por alguna razón ya sospechaban algo torcido en él al igual que en Mario. Para poder seguir metiendo goles, debían actuar ahora para asegurar la cultura de vender la justicia. Luego se reunirían en un restaurante popular a brindar y jurar que la impunidad es el resguardo de quien pueda ofenderla. Quizás sospechaban de Alfaro, pues aparte de la transgresión de herir, ofender y destruir la democracia, la CIA les pudiese chequear el por qué la astucia política y la interpretación manipuladora de la ley del mercado monetario internacional afectaba el bolsillo del coloso norteño.

Quizás Alfaro Stokes, siendo prospecto a informante no se veía a sí mismo como el payaso creyente que al llegar su defensor le recordaría—el mejor chivo expiatorio es el que está muerto, y los muertos no hablan. Sólo tienes que actuar angelical, y no dejes caer la barra de jabón. Si algo se te resbala, yo mismo te envío las velas.

26

Fue el hermano Pauper Gandía quien introdujo a Elmer Giralt al grado de Compañero de Oficio en la logia masónica de Balboa. Este segundo nivel hacía hincapié en la educación diaria con lecciones morales en sinceridad, amistad y misericordia, entre otras.

Aquella vez, cuando Elmer se topó con Jonás Cooper en Horoko, solo podía visualizar que el velo de la Federación de Científicos Americanos era la entrega del mandil correspondiente, similar al del Aprendiz, cuando se da la seña del saludo, la palabra secreta, y el iniciado jura mantener la seña del arte. Después de todo, la promoción del acceso a la información pública y la iluminación del aparato de inteligencia, incluyendo la clasificación de seguridad nacional y las políticas de desclasificación—a lo que supuestamente se dedica FAS—no es otra cosa que atuendo ceremonial. Una vez desclasificado, el documento muestra su propia ruta. Los fantasmas siguen su senda en el largo y complicado negocio de inteligencia.

Elmer recordaba que el itinerario de la iniciación indicaba que Iván Brolin era el narrador del tema El Arte de la Memoria. Después de hacer la charla breve, Iván miró a la congregación. Luego caminó al altar donde las páginas de la Biblia, el Torá, el Corán y el Tripitaka imploraban al cielo que el conocimiento se diseminara y que los secretos se mantuvieran en las sombras.

Iván hizo un gesto a Pauper para ir a un aposento oscuro. Tan oscuro como la idea hermética judía, griega y egipcia en efecto en Alejandría durante el periodo Helenístico. Con la misma reverencia que la logia aplica al lápiz, carrete y compás, Pauper tomó la obligación de proteger La Leyenda de intrusos y quién sabe de qué otra cosa.

Dos cosas no estaban claras en los cuestionamientos de Cordell entrelazados en eructos de cafeína. No estaba seguro de qué lado Brolin había estado durante todos estos años, y si Elmer revelaría secretos que las reglas masónicas prefieren que sigan bajo el manto que te parezca más reconfortante.

Cordell sentía que la única vela que le iban a prender sobre el aparato de inteligencia estadounidense incluiría los resultados evidentes—los graves errores en el establecimiento militar panameño como pedido a una aniquilación fugaz. Eso es todo, otra forma colorida de entender que sin importar quien obtuviera el crédito, la CIA y el Pentágono se disputarían el resultado a puertas cerradas, y no era la mañana indicada para que el Inspector se enredara con cosas demasiado arriba de su grado de paga.

Sam Cordell se subió a la Harley, salió por el portón blanco, esquivó varias rocas en el camino que serpenteaba la entrada del Copecito y diez minutos más tarde ponía bota en pedal sobre la carretera panamericana rumbo a la ciudad.

Cuando era evidente que no estaba por ahí, Elmer se apresuró hacia la residencia, abrió un compartimiento oculto en el armario de la recámara principal. Se sentó en una entrada angosta y se deslizó treinta pies canal abajo, aterrizando en piso arenoso. Más tarde, utilizaría otra salida oculta que lo llevaría dentro del depósito adyacente al bohío.

Se acercó a una caja fuerte, apretó un código de veinticinco dígitos y sutilmente produjo un diminuto dispositivo digital. Lo enchufó al móvil e hizo otra llamada.

27

M ontado en un diablo rojo, el día que salió de la prisión, Alfaro pensaba y hablaba consigo mismo sobre lo difícil de las transiciones. El sistema te promete que vas a permanecer tras las rejas para que elimines la presión física y mental. En realidad, ponderaba que el sistema penitenciario en América Central te adiestra a saltar en los detalles prácticos de la próxima asignación criminal.

Sin considerar la excusa de los gringos para invadir el país meses más tarde, Alfaro no adivinaba que este periodo cargaba con normas estrictas. El servicio clandestino se ocupó de ejecutar acceso a la prisión en forma divina, con la misma extraña manera que se identifican los informantes e irregulares y su dirección.

Llevaba la misión de pegarse a un ciudadano de las Islas Caimán, dueño de un club nocturno. Órvil Braschi era el fundador de la empresa Providencia de América Central y, obviamente, estaba haciendo una fortuna explotando cada esquina del dólar gringo. Aunque estaba inscrito en el padrón electoral del estado de Arkansas, mantenía su ciudadanía Caimán, y un padrino panameño había formado su empresa. Braschi se especializaba en proveer inteligencia de negocios a los casinos. Sistemáticamente había incluido a los minoristas, bancos y compañías de seguros proveyéndoles programas informáticos analíticos.

Ya que Braschi había sido el cerebro detrás de las operaciones de Brolin, luego se fue apartando paulatinamente y fundó Providencia S.A. para competir con La Leyenda. Para esto elaboró sociedades transnacionales ficticias que no poseían elementos significativos de activo o de operaciones. Ya que estas empresas no son ilegales en sí mismas por sus fines comerciales legítimos, y a base de mordidas logró establecer un número de ellas en Panamá como componente principal de economía clandestina.

Pese a que Brolin y Braschi ahora competían entre sí, seguían siendo amigos y a menudo se echaban unos copetines de mojitos, y hasta hablaban sobre las grandes sumas de inversiones personales bajo la fachada de compañías fantasmas.

Los rumores en el bajo mundo anunciaban que Mario Damon, antes de meterse en problemas en Alabama, llevaba una relación oculta con Thelma—esposa de Brolin. En Guatemala, El Salvador y Nicaragua, Órvil tenía un cabecilla a cargo, y Mario los supervisaba con el alias de Cancel Lozada. Órvil se ocupó de que Thelma viajara con Mario, haciendo creer a Iván que era necesario para mantener el control de calidad.

Por otra parte, Thelma era experta reclutando los apostadores de grandes cantidades de dinero. Era la conexión para ofrecer ofrendas generosas como viajes en jet privado, limosinas, cuartos suites gratis y descuentos en apuestas para atraerlos a los casinos. Luego que estos tiburones quedaban enjaulados, Thelma les preparaba un expediente y monitoreaba sus actividades.

Juntos, Mario y Alfaro habían aprovechado los medios de colusión para un beneficio personal tan profundo, que el intercambio de ataques verbales personales no conocía barreras. Lo peor sería que Mario resultara ser un informante de cualquier agencia federal estadounidense. Había pasado poco tiempo en la Prisión Federal de Huntsville. De todos modos, Braschi tenía a Miguel Dumas en vela y Alfaro pudiese estar en reserva. Para Braschi y Dumas, Mario poseía más características de soplón que Alfaro, pero el enamoramiento de Thelma con Mario había llegado inesperadamente. Esto ponía en riesgo el gran golpe a Brolin que habían maquinado por mucho tiempo.

Braschi estaba profundamente impresionado con el enfoque meticuloso de Alfaro hacia el contrabando y sus habilidades con la Red de Aviso a las alternadoras. Poco a poco lo estaban integrando a la tarea adicional de rastrear a Mario, y cualquier tropiezo de Alfaro se atribuiría a que sabía mucho de la relación de Thelma con Mario.

Era difícil descifrar si en realidad Alfaro era un soplón. Su lista de logros era impresionante y sólo se podía comparar con el gran número de menores sicarios con decenas de golpes a su haber seducidos por el velo de los derechos humanos—las muertes fácilmente atribuidas a la voluntad jurídica de no frenar la educación criminalística de los colegios presidiarios en la Jolla y Jollita.

Alfaro juraba que su trabajo de informante eventualmente revelaría que Mario no era confiable, como él lo había predicho. En todo caso, las sospechas de que Mario pudiese ser el sapo estadounidense o, simplemente, había llegado a un acuerdo por menos tiempo en la penitenciaría federal.

Cancel Lozada había regresado para gastar sus residuos y hasta los federales sabían que tenía gran porción invertida en Aviadores y Juegos Istmeños—partes de La Leyenda. Él había pagado sus deudas a los americanos, y a estos no le importaría su paradero. Mientras, continuaría su nueva misión de crear dinero en cientos de cuentas diferentes que luego vendía y transfería en dinero real.

Ahora que Thelma Haugen era dueña de la mitad en La Leyenda—la misma que había sido de Suria— Alfaro se preguntaba si el maletín que Mario sostenía contenía la llave hacia la libertad financiera permanente. Irónicamente, pudiese contener una orden de asesinato en caso que se hubiese verificado que él era rata.

Por otra parte, los viejos amigos llevaban cerca un arma secreta—una mentalidad de operador que a veces se sentía como sapo atrapado en una habitación aislada, con paredes acolchadas de selvas acústicas, y con ganas de hacer daño sin previo aviso.

28

Al llegar a su oficina de Miami, Maina Salomé, jefa editora del periódico, América Hoy encontró una caja de cartón sobre la mesa. Se sorprendió al ver adentro una pollera de gala panameña finamente elaborada con holán de lino, un hilo resistente y durable. Era un vestido con muchos pliegues y vuelos—un conjunto de camisa y pollerón. Instantáneamente, Maina dedujo que el artesano de esta belleza tuvo mucha perseverancia y paciencia por las decoraciones sombreadas con calados. Por su elegancia, tenía que ser muy costosa.

Maína poseía una visión sensata y realista de la vida. Pronto pudiese experimentar una sensación de coerción de acomodar lo inesperado. Llamó a su secretaria.

—Miranda... ¿Quién envió esto?

—Un abogado de una prestigiosa firma en Panamá.

—¿Es idea tuya? ¿Lleva un nombre?

—Miguel Dumas. Entiendo que esto es inusual, pero te caerá muy bien.

—¿A qué viene el comentario? —dijo Maína en tono asertivo y audaz levantando el mentón.

—Esta puede ser la oportunidad que te mereces.

—¿Qué? ¿Ahora eres mi síquica del amor?

—Ni en tus sueños, querida. ¿No imaginas tu figura de Halle Berry en esa preciosidad? Hasta hace juego con tu color de piel, míralo. Hablé con ese licenciado... Miguel está desesperado por tu llamada.

—¿Ya conversaste con él?

—¿Que si lo conocí primero que tú? ¿Eso insinúas?

—Basta..., perra. Dame los detalles picantes.

Miranda Obalué era un poco más alta de estatura que Maína, sus rasgos no tan perfectos como los de la jefa ni tan sorprendentes como para insinuar una comparación con Halle. Sin embargo, ella también era guapa. Por la simpleza de una amistad estrecha—no la relación entre jefa y secretaria—Miranda permanecía consciente del territorio en su ocupación, y seguía siendo el prototipo de la rubia tonta americana, especialmente cuando un arduo y delicado trabajo hecho a mano con finos lienzos y artísticas simetrías se presenta en una caja de cartón.

—Pues los ardientes detalles, mi querida Gatúbela, indican que Miguel te ha regalado la pollera más costosa en dos piezas—camisa y pollerón, adornada con trencillas y arandelas, levemente recogidas y trabajadas en trencillas y encajes. ¿Ves aquí, en la cintura de la falda? Son botones de oro que complementan las cintas colocadas en el centro del frente y reverso de la cintura. Mira qué dulce—incluso te envió aretes de oro filigrana en forma de botones, y la cadena de oro adornado con numerosas monedas. Todo vino con oro puro, y todo, de tu príncipe Miguel desde el paraíso.

—Esto es imponente. Sigue..., que pareces experta en pliegues y vuelos.

—Polleras requieren labor intensiva en costura a mano. Los diseños florales con holán de lino o hilo resistente en los espacios abiertos sirven para quitar el blanco de fondo. El ejemplo está aquí, mira, pequeños cuadrados de oro, círculos, media-lunas, o tréboles se colocan sobre las sienes. Para usar esta pollera de gala, tendrás que atar tu pelo en pequeñas secciones similares a moños. Quiero decir, tengo que trenzarlo con una raya en el medio, y poner los tembleques.

—¿Tembleques? ¿Están hechos de coco?

—No seas boba..., los de coco te los comiste tú sola en Puerto Rico las navidades pasadas. Aquel deleite de postre te lo regaló aquel otro príncipe con figura de Chayanne. Estos tembleques son elaborados con perlas y cintas de diferentes colores en mate que hacen juego con el tipo de pollera y para cada ocasión cultural. Digamos que podrían ser mosquetas, cigüeñas, pavo real, vinchas, tapa-orejas y otros estilos de tembleques.

Ahora que Maína Salomé tenía fiebre de carnaval, la secretaria se retiró a su escritorio para finalizar un itinerario muy importante. Con la explicación sobre el traje más bonito y admirado en el continente americano, Miranda había preparado el campo para un viaje. En la misma tarde engatusada, en forma deliberada y metódica, su jefa llena de vigor y confiable abordaba un helicóptero privado tipo Fenestrón en Albrook en ruta a Punta Galeón, Contadora.

Dumas iba sentado cómodamente mirando de frente a las dos mujeres aun turbadas por la invitación, y pensantes en si los pasajes fueron cortesía del labrador que diariamente cuestiona el disparo de la canasta básica, o realmente la firma tenía el poder de convencimiento según Miranda lo había pintado.

El licenciado parecía ubicarse en los cuarenta, era promedio de estatura, con un vientre notorio indicando que la cerveza es bastante popular por estos lares, y con la piel bronceada, pero distintivamente con tecnología de cámara infrarroja. Llevaba una camisa hawaiana suelta, pantalones cortos blancos, un par de chancletas de playa bien divertidos sin calcetines, y junto a él un maletín casual de color azul brillante. Adentro un par de móviles de tarjetas por si lo del rastreo.

Por su porte relajado, demostraba que su lado salvaje pedía enchufe con los quehaceres expeditos. Tal vez fue de este modo que se estacionó a una nube debajo de Dios, en la recelosa vista de la recargada carrera del derecho.

—Muchas gracias por el regalo. Fue una manera dulce por comienzo..., fue delicado expresarse en esa forma con el emblema cultural más lindo del mundo.

—Por nada. ¿Ya empiezas a tutearme? —contestó Miguel echándole una guiñada a Miranda.

—Nuestra cultura, aparte de su belleza, está atravesando grandes retos. Necesitamos que tu interés se entreteja con los nuestros en un grito público que hemos estado cocinando por un tiempo.

—¿Cómo decidió que América Hoy es el recurso indicado para este..., grito público?

—Te contesto ahora... ¿Te acuerdas de Wikileaks? Aun el hablar sobre los cables era tabú, o sea, tema sobre ética.

—¿Ética? Usted acaba de mencionar que es sobre intereses.

—Eso es así, pero no aprietes el gatillo antes de sacar el túnel de la vaqueta, te puedes volar un juanete.

—Muy bien Señor Dumas..., fuimos pieza central en echar el primer alarido de libertad de expresión cuando a los estudiantes americanos se les prohibió que no discutieran los bochinches de Wikileaks. No significa que no pueda apoyar su esfuerzo, pero necesito un poquito más que intereses. ¿Tendría la certeza que esto va centrado en el campo del cabildeo?

—Por favor me tumbas lo de Señor..., mi nombre es Miguel, Maina. Wikileaks probó que los principios éticos cambian en las fronteras de la cultura y en tiempo. Cuando en dudas, siempre sigo el instinto de Adam Smith—permitir a la gente su propio olfato en su propio interés, y permitir que el proceso de mercado libre ponga los pies en una pista moral y ética.

Maína sintió que Dumas le estaba aplicando la prueba de la hipocresía, y quién sabe cuál nivel de secretismo venía con su ágil labia interpretativa. En su profesión, lo oscuro parecía necesario, pero la imprenta siempre revelaría información abierta. El escrutinio público de la primera plana no tendría espacio para correcciones. Probablemente en esta asignatura recibiría una F por apresurarse, pero Dumas había sido franco en escoger América Hoy. Nadie la despediría, su portafolio estaba cargado. Esta era la puerta trasera a un aumento de remuneración—su interés, y nadie más lo aprobaría—era dueña y jefe del periódico. No tenía que impresionar a nadie, excepto a los lectores—la otra jaula de las ratas de laboratorio en una sociedad global hamaqueada por el poder de la persuasión a través de la actitud que al medio le salga del rollo.

Maína no sabía que iba a formar parte de la propaganda dirigida a ciertas emociones y quizás el objetivo contenía un limitado grado de intelecto. Sin embargo, ella sabía que el único objetivo de la propaganda es el éxito, mientras la gente siga teniendo lapsos de memoria. Cosa que demuestra que el Alzheimer también les pega a los eruditos sin esperar los tiempos de política. Era periodista experimentada, y sabía cómo es que las ideas se empaquetan, se manipulan y se reformulan a fin de mangonear el hambre de nuestras ratitas en bicicleta, pues más vale poco y variado que mucho de lo mismo.

De hecho, el libro Rebelión en la Granja, de George Orwell era uno de sus favoritos. Los animales de la granja asumen roles como la gente lo hace en una sociedad. La trama comienza con una revolución en la finca cuando los animales toman el control bajo la dirección del cerdo Napoleón. Otro cerdo llamado Gritón se convierte en ministro de propaganda. Su trabajo consiste en hacer que las políticas de Napoleón parezcan legítimas y justas. Como ministro de propaganda puede modificar el lenguaje para torcer el concepto de igualdad y explicar por qué la producción de alimentos se redujo cuando la propaganda a los miembros de la finca indicaba que había aumentado.

—Muy bien..., Miguel es su nombre. Por favor siga.

—Bien sabes..., estamos firmando un tratado comercial con Estados Unidos. Dumas & Asociados sobrevive cabildeando como nuestras leyes mandan. A través de sociedades offshore, garantizamos la popularidad continua de Panamá a base de corporaciones. Damos la bienvenida a los inversionistas extranjeros. Nuestras leyes les conceden los mismos derechos que a los nacionales. Nuestra estructura fiscal favorece excelentes y generosos incentivos con mínimos controles de intercambio. Aquí no existen restricciones en transferencias de utilidades, dividendos, regalías y honorarios. Por si no me sigues, aquí no existe la repatriación de capital ni el rembolso de principal.

—Lo sigo a la perfección... ¿Dime tú..., Miranda? ¿Lo seguimos al pie de la letra?

—Claro. Hasta el fondo—dijo la secretaria, ahora turista rodando las pupilas sobre la hermosura de las Islas Perlas.

—Sin embargo, el reporte, tu reporte tendría que describir cómo una particular empresa europea vino aquí e hizo las cosas difíciles para el resto de nosotros. ¿Alguna vez te has detenido a pensar por qué los ingresos de los casinos nuevos se disparan súbitamente inesperadamente mientras los salarios siguen siendo bajos, y cuando los sindicatos de trabajadores protestan los ricos arrancan sus máquinas de dólares para aplastar el problema? No quiero decir que sea ético. Es claro que los intereses siempre se imponen a la ética. Al final, nos vamos con la corriente, es como votar por el menos peor. Luego decides si deseas vivir por tu propia definición de ética—honesta o deshonesta o por la definición de los demás, que a menudo aliados como tú alimentan a diario.

—Escucho que mi primera plana apriete las cuerdas del entarimado para el rico contra el pobre. ¿No es este el acostumbrado manoteo de las masas? ¿No sería mejor quedarse con la boca cerrada? Después de todo…, Dumas & Asociados vive de esto. Para un abogado de su envergadura… ¿Por qué quiere desviar la culpa?

—Solución mágica. Los medios están en frenesí, queremos tachar los garabatos que ustedes conocen como bad apples… ¿Los mangos con gusanos?

—Manzanas, Miguel…, manzanas podridas. Pero está bien, dígame su visión de cómo puedo resolver su problema, y me muestra los argumentos para que mis teclas suenen tan pronto como esta noche.

—¿Esta noche? ¿Estás loca, niña? —Miranda se desenredó el cinturón de seguridad y saltó como si tuviera rabia, mientras que Maína arqueó las cejas, claramente avergonzada.

—Miranda tiene razón. El mundo no se acaba hasta que tengamos un buen rato por acá—dijo Miguel levantando la palma de la mano frente a Maína.

Echar a perder la oportunidad de ver a Maína Salomé en la pollera sería lo peor que Miguel Dumas podría ejecutar sobre las blancas arenas de Contadora. Personalmente había ordenado la confección del vestido y sus pertrechos de oro con la silueta perfecta de Maína en mente. De hecho, en su oficina colgaba un afiche de la revista, Sports Illustrated con marco súper caro de Albert Pujols cargando sobre sus hombros a Maína Salomé.

Dumas era inteligente para saber que cuando se desea que una fémina ejecutiva de aquel calibre actúe a tu manera, probablemente preparas el campo con la mejor amiga, su peluquera, o la secretaria. En este caso, no fue muy lejos de la trilogía perfecta—la rubia estúpida que con la nariz acariciaba el vidrio del pájaro con aspas Augusta, de fabricación italiana.

Miranda Obalué era el animal perfecto de fiestas, y pronto sabría haberse convertido en vehículo para informar al mundo cómo fue que Iván Brolin había expulsado a los pobres ciudadanos de Panamá Viejo. Estos habían salido de las casas en las que con mucho afán y perseverancia criaron a los hijos y sus hijos. Tan simple como se le regala una pepita de maní a un mono, La Leyenda no surgió en el espacio junto a la Estatua Morelos y toda la bahía contigua al puente colgante del Corredor Sur por la sola promesa de puestos de trabajo. La Leyenda se asentó allí por leyes cuestionables, compradas a punta de mordidas que pusieron a los dueños de casinos en la poltrona de un problema democrático llamado: Operación Causa Justa. Para ridículo, era la misma área donde diecinueve paracaidistas de la división aerotransportada ochenta-y-dos de Carolina del Norte—cazados como patos por un error de viento—dieron su vida enterrada en la lama por el mismo afán democrático.

El telón estaba a punto de abrirse. El cuchillo sangrante del titular supondría una injerencia de Brolin, y quizás abarcaría a Mario Damon en la misteriosa muerte de Suria Matos. A pesar de que no probaría a ninguno como el asesino, definitivamente rascaría la idea de reforzar el informe con la verosímil abundancia de bendiciones en la fortuna y fertilidad de la prostitución legal e ilegítima. Tan sólo el hecho de que la DEA había tenido varios encontronazos con la presencia de ICE, era muy probable que Maína iba a concentrarse más en desbaratar a Karla Overman y Cuenca Libre. Era duro considerar que el Departamento Homeland Security iba a recular. Aun con los veinte-y-pico de plomazos a Bin laden en Pakistán, servir en modo retrógrado no era la idea cuando ahora Irán le había prometido varios kilotones a Israel, y mucho menos con demasiados terroristas saciando la sed por el arsenal químico y biológico de una Siria en serios aprietos.

Órvil y Miguel necesitaban el campo abierto, y la IRS—la máquina aplanadora, colectora de los Lincoln, Washington y Jefferson no se les apartaba de los talones. Hubiesen preferido que sus bribones en altas esferas hubiesen pedido más coima para que el tratado de doble tributación con El Tesoro americano no se hubiese concluido. Panamá seguía siendo el mejor secreto escondido a muchos. Discreción que la globalización y el brete económico allá afuera poco a poco revelaban a selectos hermanos de la nación que aquí era diferente.

En un país con cuatro millones de habitantes el número de teléfonos portátil rascaba los seis. Y si eso no era suficiente objeto de convencimiento en el reporte de Maina sobre la capacidad económica de Panamá, entonces una llamada de emergencia por la mañana sería lo suficiente.

—¿Estás en una línea segura, Miguel? —contestó Órvil Braschi desde su mecedora en un resort no revelado, pero muy cerca de Farallón.

—¿Qué tan seguro te suena como un móvil prepago de tu tienda favorita en las arenas de Veracruz?

—Dime qué se cocina bueno por Playa Camarón.

—La mujer gato está casi en su sazón, y tengo al sicólogo industrial en filas para una visita sorpresiva donde Karla Overman. Prometí a Gatúbela que para abrir la caleta que con sudor y ron santeño cargamos anoche, la llave amparadora descansa en los sesos de un muchachito cubano que te friega el buen vivir.

—¿Remoto o presencial?

—Ni modo, Órvil, a control remoto es para los gallinazos. No tengo ni un pelo de hacker en mis proezas. Digo..., no cargo balas de plata en eso de las computadoras, pero el Llanero quiere trabajo con una visita a Cuenca Libre.

—Me gusta el forastero, pero por lo que me cuentas a veces me atemoriza. ¿Quién es?

No necesitas saberlo, Órvil. Una visita a Cuenca Libre debe sellar tu relación con ese espécimen meticuloso que duerme por allá, espero que muy cerca. No te olvides que la fula necesita su buena tajadita. Por acá le había puesto un metro de verdes en su cuenta del salón de belleza virtual en Punta Cana.

—Eso es magnífico..., sé que tu cinta métrica tiene azúcar, pero hay algo que Maina Salomé no acepta. Dice que la sala del teatro recibirá bien reída a Cuenca Libre como una publicación que comenzó refutable y paulatinamente se viró hacia el camuflaje del tabloide. Gatúbela no quiere comprar el hecho de que Overman opera con influencia del gobierno y bajo la noticia populista. Tampoco la afición de Karla por la manipulación de la democracia va con el plan de destrozar su reputación por la imagen de que ahora expone a celebridades nacionales o locales como drogadictos, pecadillos sexuales y delincuentes.

—¿Crees que Overman está haciendo eso?

—Son ideas…, si amarramos que Cuenca Libre interceptó el correo de Lomas para ser la primera con la noticia, las muertes en el Ministerio Público se podrían atribuir a la irresponsabilidad de Overman.

—Dame medio segundo para figurar lo que acabas de decir. ¿Tienes en la mira el cierre de Cuenca Libre a través de una cacería de brujas diseñada para desenmascarar la inconformista de Karla Overman y parte de la razón que mantiene a los jodidos gringos interesados en el istmo?

—Le pegaste justo en el centro, Órvil. Tan pronto América Hoy lance la noticia, lo sigues con un especial en Televisión Skylark para que no se desvíe la atención y los medios locales recojan la pelusa de lo que quede de Overman y Brolin. No te olvides que el caso de la muerte de Pauper y Vincent todavía está en los expedientes congelados, pero no olvidados. Karla está decidida a sacarlo de la nevera a viento y marea. Por suerte pusiste a Lomas donde debía morar hace rato.

—¿De qué hablas, estúpido? Bien sabes que yo no tuve nada que ver son eso. Me confesaste que tú tampoco. ¿Hay algo adicional que ocultas? Yo soy un hombre de negocios, y no ordeno ejecuciones.

—No te ofusques… ¿Y qué de Iván Brolin? ¿Y si tiene al Llanero Solitario en la nómina?

—¿Y qué de Iván Brolin? ¿Quieres saber si es capaz de ordenar el sicariato? ¿Tratas de poner palabras en mi lengua? Si estás grabando la conversación, no me importa. Lo que me incumbe es que Suria Matos, después de casarse con Iván rompió la triste noticia a Overman. Por otra parte, eso pone un grado de responsabilidad en La Leyenda. ¿No fue Brolin el de la idea de tirar El Americano Feo con Vincent en el guion y Pauper en asesoría como lo hizo el legendario Edward Landsdale—el espía—en el filme original? ¿Te has puesto a navegar Wikipedia últimamente..., a descifrar quién era Landsdale y buscar quién carajo, en realidad fue Pauper Gandía? Te invito a que te instruyas en por qué cuando el Khmer Rouge en 1975 eliminó la mitad de la población camboyana Pauper Gandía lideraba ocho-mil mercenarios en el Río Mekong. Apuesto a que no tienes ni idea de quienes tienes en el trasero..., y peor, es mi dinero el que está en juego.

Dumas sabía que Braschi, aparte de formar una televisora y un periódico, su maquinaria de mordidas legislativas emprendía una empresa para violar la intimidad de otros en escucha de llamadas y pinchazos. Todo el mundo estaba claro que las comunicaciones privadas son inviolables y no podrán ser interceptadas o grabadas, sino con el sello de la autoridad judicial. Fue Dumas mismo quién lo asesoró que el Artículo 29 de la Constitución Política de Panamá advierte que el incumplimiento por violar la privacidad sólo impide la utilización de sus resultados como pruebas, sin perjuicio de las responsabilidades penales en que incurran los autores. A tal aberración, la empresa se podría formalizar, y cada vez que los jueces o fiscales decidieran trasponer la advertencia, sólo tendrían que externalizar hacia Braschi por un grueso monto, cortesía del ciudadano común.

Con este tipo de mentalidad... ¿Sería fácil predecir que Órvil y Miguel atacarían a Iván tarde o temprano? Agrediendo a la competencia, Dumas llegó a ser número uno en casos marítimos, y primero en comercializar licencias para juegos de azar manipulando la Junta de Control de Juegos a tal grado que otras firmas le hacían la camita montando sociedades anónimas.

Había mucho que decir del barrigón—Miguel Dumas—que también obtuvo su licenciatura en derecho mientras estaba encerrado en la penitenciaría de Gamboa. Antes era arquitecto. Cambió de carrera para ser la punta de lanza de Braschi cuando a alguien en su grupo de constructores se le olvidó un piso de un hospital en Penonomé.

Bajo la asesoría de Miguel, Órvil expandió su dominio en el globo terráqueo, descubriendo si los países orientales con capital convertían sus reservas a dólares, les sería más rentable competir con Estados Unidos y su dólar no fluido. Igual que los petroleros descubrieron en las décadas de los veinte, treinta y cuarenta, poniendo en reserva el dólar afectaba adversamente a su dueño, pues la circulación de una moneda es clave en cualquier economía. Incluso Órvil se preguntaba a sí mismo que tan sólidos eran los contactos de Miguel en el oriente. Obviamente tenía gran influencia en los bancos centrales en ultramar. La horrible deuda externa de Estados Unidos picando los quince trillones de dólares, China siendo el gran cobrador, y con una gran reserva daba mucho crédito a Miguel Dumas.

Dicho y hecho. El móvil estaba a punto de autodestruirse en treinta segundos, pero antes Miguel, para apartar la ensaña de Órvil dijo que más le preocupaba la relación loca entre Thelma y Mario. Ambos tenían recursos a disposición, y era importante utilizarlos hasta que el tumbe de La Leyenda se concretara. El plan indicaba que Juegos Istmeños y Aviadores, dos cascarones de Brolin, iban a ser transferidos a nombre de Thelma a espaldas del marido.

—No hay problemas, yo me encargo del titular de América Hoy y tú aseguras que Iván sepa lo de su mujer con el enano. Luego los dejamos que se las arreglen solos.

Dumas colgó e hizo otra llamada.

29

Thelma bajó la ventanilla del Toyota Hilux, dejando entrar el vapor frío al cruzar el puente bimodal cerca de Gamboa. Era un pequeño y antiguo pueblito afroantillano, sin embargo, gigante en tesoros históricos como la grúa más grande del mundo, el Canopy Tower, y el Ferrocarril del Canal de Panamá.

A su lado, Alfaro iba un poco sorprendido que Órvil había ordenado una reunión con Miguel Dumas tan lejos de la ciudad, sin embargo, Thelma explicó que el rastreo electrónico era más difícil aquí. Tenía sentido que las ondas locas de la ciudad pudiesen ser más arriesgadas, e iban a discutir algo por teleconferencia.

Esta mañana Thelma lucía atractiva como siempre. Era cuarentona, nacida y criada en Milla Ocho. Llevaba pelo rubio y sedoso casi alcanzando los hombros, y su vestido era corporativo pero interesante. Tan encantadora como a los veintiséis, para tiempo que comenzó su relación con Iván. Corría una mesa de blackjack en un casino competidor, pero Iván la jaló hacia La Leyenda, impulsándola como jefa de la cámara de seguridad. Fue la primera administradora de un nuevo sistema de vigilancia que utilizaba cámaras de video desde arriba y se valía de software de análisis para vigilar los apostadores y los empleados. En un santiamén se hizo experta en lograr que el sistema rastreara información con fichas integradas con transmisores de radio frecuencia. Demostró ser un arma increíble en La Leyenda identificando muchos jugadores intentando aplicar estrategias legales, tales como el conteo de cartas y otras que utilizan la ventaja matemática. Con Thelma, Iván podía visualizar quienes eran los jugadores de riesgo para los ingresos del casino, y los empleados que cometían errores podían verse a sí mismos en otro lado friendo pollo y papas la noche siguiente.

Sería una lástima que se hubiese descubierto que Alfaro era el informante que estaban viendo en Mario por su seudónimo de Cancel Lozada. Sin embargo, su huella de delincuencia era la coartada perfecta que inspiró a Dumas y Braschi a emplearlo a un costo inimaginable. Alfaro había sido el alma del timbre de alerta cuando las cortesanas de la noche se veían en peligro de redadas por la policía o inmigración. Por sus contactos en el gobierno, no sustituto pudiese hacer mejor trabajo. Si su conexión era de calibre, él era mejor.

A pesar de que a veces actuaba arrogante y exhibicionista, su obra egoísta era el resultado de la confianza y el respeto que se le había conferido durante la ejecución de Lomas. El llamado a lo de Tony Mota, y la caída de Juliana Rivas debieron ser extras y hecho sin ningún tipo de escrúpulos, aunque ahora debiera estar lamentando la partida de Juliana.

Especialmente lo de Juliana vino por sorpresa y siendo informante estuvo entre la espada y la pared, pero el espíritu de ratón prevaleció. La muchacha era sagaz, perfecta en lo que se le asignara, aunque dentro de su vestimenta sensual y atrevida girara cabezas en los bares y pasillos de Valet Silicón.

Sin otro emblema para colgar sobre el pecho, Alfaro pensaba que su trabajo como informante estaba seguro, pues el subterfugio de haber ejecutado a cabalidad lo presentaba más como asesino a sueldo que como soplón. Sin embargo, sólo una persona, quizás dos, sabía quién fue el eliminador de Lomas, Mota y Rivas.

Alfaro no hubiese sido esclavo de Órvil Braschi si no fuera por Miguel Dumas. El honor de haber aguado la fiesta de Lomas no pudo ser más oportuno. Era lo suficiente frío para formalizar los hechos, pero no estaba seguro si los fantasmas de la Agencia se enojarían con él por haber decapitado al sistema de justicia con la ausencia del proactivo Lomas. Resultado: el hampa uno, la justicia cero.

Eso le valía tres pepinos. Algún día les contaría a sus nietos que estuvo en la penitenciaría de Gamboa, y que fue doble-agente. ¿Y qué?

En honor a la concubina secreta de su odiado duende con cara de rana, y que más parecía como agente de la inteligencia gringa que él, seguiría el juego hasta que Thelma pensara que sí, que la delataría ante Brolin. Y si Dumas preguntase en la reunión, diría que lo más probable era que Mario llegó a un acuerdo de convertirse en infiltrado para volver. Eso pudiese hacer que cara de sapo lo atacara como un toro en el último berrido de la corrida, pero claramente le atribuía fortaleza a su propio plan de informante.

Alfaro podría poner a Braschi, Dumas, Thelma, Mario, y Brolin fuera de circulación con un chasquido de dedos, y nadie preguntaría si tuvo que ver con lo inoportuno de Lomas. Tal vez él se convertiría en héroe al prevenir otra crisis financiera internacional. Ahora, el índice Dow Jones flotaba sobre trece-mil, y el NASDAQ sobre tres-mil. Pero lo peor fuese que Mario llegara a ser un contra-espía de la Agencia para asegurar que no abriera la boca con los malos de por acá.

En Gamboa, la carretera termina y el Canal de Panamá se abraza con el Río Chagres dando paso a la selva donde el Instituto Smithsonita de Investigaciones Tropicales predica con el ejemplo la protección del medio ambiente y el legado histórico.

Faltaban pocos minutos y Thelma se había encargado de garantizar una conversación agradable, apacible, con un suspiro ocasional, poniendo relajamiento en Alfaro antes de la reunión con Dumas. Ella confiaba plenamente en Alfaro que por él su relación con Mario no llegaría a los oídos de Iván.

De lo contrario, ella se consideraba lo suficiente astuta como para darle un giro a todo lo que fuese obstáculo de su tiempo preciado con el enano que Alfaro odiaba con pasión única.

Ella se reclinaba en su asiento de cuero, escuchando música de Laura Pausini, chequeando la larga fila de automóviles por el retrovisor saltando sobre el áspero concreto del puente bimodal. Su mente vagaba. De vez en cuando miraba por la ventana, y meditaba sobre su último viaje a Guatemala con Mario.

Alfaro miraba al canal e imaginaba el tiempo que le toma a un barco para atravesarlo desde Miraflores a Gatún. Ahora era una vía cada doce horas. En dos años, con la expansión, sería un carril de dos vías, las veinticuatro horas.

Minutos más tarde, llegaron a la estación de campo del Smithsonita pasando un pelotón de bomberos, aparentemente en una maniobra de práctica contra incendios. Thelma estacionó la Hilux al lado opuesto de la carretera lejos del ejercicio, y ambos entraron en un edificio de madera, una antigua escuela transformada para investigaciones tropicales. Contenía una mesa, un fregadero, mostrador, hornos, un pequeño almacén de herramientas de mano, y una habitación grande sin aire acondicionado.

—¿Quieres un café? Me tomará un minuto hacerlo—dijo Thelma agarrando una cazuela.

—Me apunto si lo haces.

Entonces Alfaro ingresó a un cuarto pequeño que contenía una cámara de observación, con paredes acolchadas para reducir ecos, diseñados para probar señales acústicas en ranas. Escuchó botas, y parados en la puerta dos bomberos.

—Por favor nos excusan. Vamos a hacer un ejercicio de fuegos aquí, deben evacuar el edificio. Ágilmente, Thelma apagó la estufa y salió del edificio. Mientras Alfaro se preparaba para salir del cuarto acústico, a cuatro pies uno de los bomberos levantó una pistola Glock y disparó tres veces—dos sobre el pecho y uno en la frente. El silenciador soltó humo. Las paredes acolchadas amortiguaron el sonido maravillosamente.

Qué manera de pasar el rato en un laboratorio de investigación recordando temas tristes en las horas de soledad, a veces días. El relevo de la guardia había principiado en la Casa de Gamboa. Los dos hombres salieron del edificio y Thelma se alejó del área.

30

Sam Cordell manejaba la Nissan X-Trail oficial hacia Gamboa con Genaro Solís en el asiento del pasajero.

—Naro..., estoy tomando notas mentales sobre estos asesinatos. Imagino a Kasper y Jenny saliendo del Ministerio Público antes de que Tony llegara con la comida contaminada, es decir, si el dulce no estaba envenenado de antemano. Una cosa tras la otra, Genaro.

—Toma mucho tiempo determinar qué tipo de veneno utilizaron. El sistema no me permite prematuramente ver si el pastel y las bebidas estaban viciados cuando Kasper estuvo presente. Nos tomará varias semanas hasta que sepamos.

—Seguro. Sería maravilloso si el sistema nos tratara más amigable. Imagino que debemos trabajar con esas limitaciones. ¿Hay algo nuevo con el mensaje que Juliana envió a Tony?

—Creo que Tony era parte de la nómina para matar a Lomas y Juliana era cómplice. Su directiva a Tony coordinaba una reunión a las seis en Valet Silicón. Lo más probable es que tuviera que ver con las actividades extracurriculares de Juliana como ramera.

—¿Entonces piensas que eso ponía a Tony en un itinerario para cobrar por el trabajo de Lomas?

—Es muy posible. Esa ruta podría validar mi hipótesis. Pero Sam... ¿Ya hablaste con Joanie Arauz, la nueva fiscal de drogas?

—Sí, ya lo hice. Juliana partió del Ministerio Público minutos después que Kasper y Jenny. Ella no estuvo ahí cuando Muriel sopló las velas. Hace una semana, Lomas aprobó su traslado. Esto significa que bajo defensa afirmativa, ella estuvo en otro lado, así que ella no pudo ser la asesina.

—Sam.., ¿no se te ocurre que Juliana fue a reunirse con Jenny y Kasper en algún lugar tan pronto Tony partió de regreso hacia Shilam Balam?

—A todas horas, Naro..., y créeme, estoy considerando todos los ángulos. ¿Qué dice tu ángel celestial del mensaje de Juliana en el corredor sur?

—No lo vas a creer. Vino del celular de Alfaro.

—¿Fue Alfaro? Que me parta un rayo si no lo vaticinaste. Entonces las fichas van cayendo como deben.

—¿Como es eso, Sam?

—Tonterías..., ya casi llegamos. Tú vas adentro y chequeas el área del crimen de Alfaro. Ponte máscara, pues van muchas horas, yo voy a hablar con los bomberos.

Mientras inspeccionaba el área, Cordell se tropezó en la grama cerca de la cancha de fútbol con dos pares de uniformes para apagar fuego. Conociendo que pudiesen ser mercancía caliente, los metió en una bolsa plástica y los guardó en el maletero del vehículo.

31

Era una tarde soleada y brillante. Cancel Lozada puso dos jarras de cerveza sobre una mesa rústica. Sentado al frente Órvil Braschi tomó un sorbo de su cerveza. Muchos trabajadores del canal y expatriados se encontraban comiendo y bebiendo en el antiguo hangar que antes albergaba maquinaria para operaciones del canal.

El Restaurante la Mora era popular por las costillas, filetes de pescado, y una gran variedad de entradas de mariscos. Tampoco venía mal que tenía televisión vía satélite, mesa de billar, y futbolín.

Situado en Corozal, adyacente a Diablo, La Mora ofrecía cierto grado de privacidad. Es decir, aislado si es necesario discutir cómo las relaciones panameño-estadounidenses pueden estar en riesgo, si la conversación es sobre el trabajo de un detective incorruptible, o sobre cómo el correo electrónico del Procurador fue robado, o si eres parte de una operación ilegal internacional, y simplemente, tienes miedo.

Cancel tomó un trago y observó a Órvil devorar su corvina frita.

—¿Por cuánto tiempo trabajaste con Brolin? —dijo Orvil observando a Cancel ponerse tenso.

—Organicé la sociedad anónima de La Leyenda.

—¿Qué me puedes decir de Brolin? —dijo Órvil sacando un cigarrillo del paquete, pero lo devolvió. Fumar estaba prohibido en el restaurante.

—Dicen que malversó los fondos de la lotería. Si es verdad, es muy inteligente. Obviamente no me dio ni un centavo.

—Hiciste bien terminando tu trabajo legal y separándote hacia lo independiente.

—Si..., puedo ver venir serios problemas con la comunidad de Panamá Viejo.

—No quiero sonar como disco rayado..., pero dime, ¿fue verdad que Pauper Gandía trajo dos expertos en computadoras cuando Brolin te corrió?

Cancel ahora estaba más tenso—Él no me corrió. ¿De dónde sacas eso?

—Claro. Cuando su primera esposa falleció misteriosamente te corriste tú mismo.

—¿Cuál es el punto?

—El punto, mi amigo Cancel..., es que más de cuatro millones de la lotería se esfumaron. Sólo que no se sabe si Pauper y sus Intelectuales tuvieron algo que ver con el hurto.

—Lo siento mucho, Órvil. Escuché que tuviste mucha inversión en aquella ocasión triste. Alguien se te adelantó. ¿Porque los Intelectuales ya no están fuera de la Vía Láctea, y porque Brolin o cualquier otra entidad poderosa infligió la muerte de Pauper y el viejo... ¿piensas que me importa un carajo sobre tus problemas? ¿Aun crees que soy tu asesor botella como en el gobierno?

—¡Mario...!

—Mario nada..., ahora soy Cancel. Si pretendes insinuar que maté a Alfaro, es mejor que lo verifiques con tu perro bravo, Dumas. ¿No es para eso que me pagaste esta triste chuleta con yuca frita? Espera..., aun no llega la cuenta..., yo pago..., con descuento de pensionado.

—Si no me ayudas con este sicario, estaré forzado a disminuir operaciones en Caimán. Te podría poner en el limbo.

—No creo lo que estoy oyendo, Órvil. ¿Ahora extorsión? ¿Y si fuiste tú quien financió los diez asesinatos hasta ahora?

—Tú bien sabes que no soy capaz de ordenar homicidios. No es mi estilo.

—¿Te me estás cagando encima? ¿Sabes lo que pienso?

—No..., dime tú..., soy todo oídos.

—Sé que estás aterrado de lo que Brolin te pueda hacer. En caso que pienses que Iván ha estado detrás de las muertes.

—No es eso, Cancel. Sólo que no puedo absorber el estrés de esta problemática. Ojalá pudiese descifrar qué era lo que realmente Lomas se traía en mente.

—¿Estrés? Si estás positivo de que Brolin no es capaz de ponerte la corbata, y si estás tan limpio cómo te sientes no hay nada de qué preocuparse. Cálmate.

—Bien..., bien. Si tú lo dices, voy a tomar las cosas con calma.

Por primera vez en su vida, Mario Damon vio un Órvil Braschi distinto. Parecía que una tormenta le había desamarrado los calzoncillos. Era terrible. El asesinato en masa, luego Tony y Juliana, ahora Alfaro. Todo esto afectaba a Braschi, a menos que fuera otra estrategia sucia, pues su agenda lucrativa en prostitución lo clavó contra la gruesa pared que Brolin había erguido en juegos de azar. A menos que se tratara de una estratagema por las ridículas ventajas de Braschi. El flote sucio del dólar en el oriente era próspero y lucrativo. Además, Braschi estaba a punto de lanzar Television Skylark e iba en camino a crear una agencia de periódico, y la dichosa empresa de pinchazos. Tal vez su depresión precipitada era efecto del pánico por el Servicio de Rentas Internas. Tal vez, sabiendo que Mario tuvo la experiencia con los federales, en la superficie, había otro motivo para el pánico. Tal juego parecía pegado con cemento barato en la receta de Dumas. Tal vez se trataba de recitar una poesía a Mario para articular lo que debe suceder de ahora en adelante. Al informar a Mario que no era su estilo de mandar a acostar gente, Braschi podría estar rogando por su vida en caso que el Llanero Solitario estuviese al otro lado de su ristra de espinas y cascaras de limón. Pese a que Braschi no lo había revelado, Mario estaba seguro que Brolin sufriría un ataque frontal exponiendo el caserío de La Leyenda. Thelma se lo había conferido. Ambos sabían que un mensajero en busca de partes olvidadas en un disfraz sufría cólicos por la carnicería, ese viejo mocoso del Distrito de La Boca pudiese ser Mario mismo. Pero poco le importaba cualquier avería emocional o algo por el estilo, real o de palo, que te hace excarcelar endorfinas al flujo sanguíneo, ya sea por un pedazo de corvina muerta, por una Soberana bien fría o por pánico que te lleve el Cuco si te duermes en las pajas.

32

Un hombre con cara redonda, al parecer en sus cincuenta, usaba espejuelos de marco grueso, delgado con el cabello negro y unas cuantas canas, vestido con una camisa polo color rosa se sentó de manera informal en una mesa de madera en una librería de un centro comercial judío. El resto de su atuendo no era visible hasta que se levantó, revelando pantalones cortos azules, calcetines Nike blancos a la altura del tobillo, y zapatillas Rockport negras, extra-livianas.

Caminó el pasillo más allá del mostrador de la cafetería y comenzó a buscar un libro en la sección de cocina. Al mismo tiempo, para no molestar a los clientes, comenzó a susurrar una conversación a través de su portátil.

Genaro Solís entró en la tienda, se dirigió al mostrador y pidió una taza de café de dos dólares a una mujer amigable de unos treinta años, baja de estatura, vestida en suéter rojo con el logo de la librería y pantalón negro.

Se sentó en una mesa pequeña de cristal al lado de la de madera donde el hombre con camisa rosa había estado leyendo. Registró en su maletín Targus y produjo una libreta, bolígrafo, y dos largas hojas de papel blanco repletas de palabras escritas a máquina. Mientras la mujer preparaba el café, Solís se inclinó, desamarró su zapato izquierdo, y echó un vistazo en el interior del mismo. La mujer frunció el cejo, movió los labios en seña de incredulidad, y continúo su labor.

Genaro introdujo el pie en el zapato, ató el cordón y se levantó dirigiéndose al pasillo. A mitad de camino, miró al hombre que seguía abrazando el móvil, y habló con la trabajadora detrás del mostrador.

—Mi amor... ¿cómo se llama esta sección de acá atrás?

Ella contestó que no tenía nombre en específico, pero que la sección incluía libros en temas extranjeros, cocina, ejercicios, geografía, y erótico.

—¿Y por qué esa refrigeradora hace tanto ruido? No me deja recoger las notas finas del violín en el tango instrumental tocando a través de esas—dijo Genaro apuntando a las bocinas que colgaban del techo.

La mujer volvió a arquear las cejas como si dijera, no es mi problema, y ni debe ser el tuyo. Él contestó con pandeo de cejo, volvió a la mesa, y comenzó a tomar el café sin azúcar. Tratando de eliminar la distorsión e interferencia del momento, garabateó una página y media en la libreta. Sobre la mesa descansaba un celular Motorola de segunda generación, el cual miraba continuamente mientras escribía. El café ya casi había desaparecido, y con el rabillo del ojo divisó una mujer delgada, joven, con pelo negro y largo, y otra, bastante vieja con el pelo corto, y gris. Se sentaban a la derecha, perpendicular hacia atrás, en un sofá hablando en voz baja.

A la mesa que el tipo en rosa había vacado llegó una joven, como de veinte, en blusa amarilla y mahones, y mostraba una sonrisa pacífica y celestial. A su lado, se sentó un muchacho, al parecer de la misma edad. Era un jovencito con una camisa celeste de película, pantalones grises y su colonia olía demasiado dulce. Tenía el cabello corto, piel muy bronceada, y hablaba rápido con una cualidad distintiva—era un hombre guapo y totalmente afeminado. Se sentaron frente a Naro, ordenaron dos ensaladas, y relativamente solo tenían medio millón de palabras vacías que decir acerca de alguien en la oficina, pero la chica dijo que se sentía muy cercana a la persona que bombardeaban, y por regla, no iba a negar lo paralelo del odio al sentimiento noble.

Con menos de una onza en la taza, Genaro se percató que la pantalla del portátil escupía un destello de luz.

Contestó en voz baja—Si…, buenas…

—Buenas tarde, Señor Solís…, soy Kasper Giralt de Cuenca Libre. Estoy llamando sobre el caso de Lomas. Quería discutir unas cuantas cosas con usted.

Genaro se sorprendió al saber que finalmente Kasper salía de las sombras. Tal vez él había hablado con Cordell de antemano.

—Señor Giralt..., no me importa reunirme con usted. Sólo que el Inspector Cordell está a cargo de la investigación. No me gustaría a invadir su negocio. ¿Qué es exactamente lo que quiere saber?

—Le aseguro que lo último que deseo es obstaculizar la investigación.

Ahora el hombre vestido en color rosa se había desvanecido. Quizás fue a cambiarle el agua al canario, quizás a tumbar el interruptor de la electricidad para matar el dichoso escándalo de la refrigeradora, o se escabulló fuera de la tienda al terminar su tarea de vigilancia. Las mujeres que estuvieron justo detrás, después de haber logrado su objetivo, debieron haber salido a mirar las vitrinas de las tiendas. Los jóvenes que estaban estrujando el piso con algún compañero de la oficina habían puesto su atención en la muchacha detrás del mostrador. Pidieron agua y dos capuchinos. Sus voces denotaban que el servicio no mejora ni porque estés en un entorno intelectual.

En la mesa contigua, inmediatamente a la derecha de Solís—a un metro de distancia—se sentó una chica de cabello castaño trenzado. La parte de arriba parecía confeccionada con copas 36-Delta—siliconadas—y el resto claramente mejorado a fuerza de bisturí. Estaba vestida como lista para saltar en el poste de un escenario con iluminación elaborada, música espléndida, y decorado con pupilas ebrias masculinas en una celebración anual del vecindario en beneficio a la caridad para que el virus VIH pare de propagarse. La mujer hacía malabares con su Samsung Galaxy último modelo y tomaba de una humeante taza de té verde, pero parecía inmersa en pensamientos sobre hombres ricos—viejos y solitarios que desean conexión con una escolta agradable como ella para ir de compras hasta que te mueras o llegue otro idiota con plata.

—Oiga, Señor Giralt. Es altamente inapropiado hablar por celular sobre un caso de tan alto perfil. Estoy listo para que nos reunamos a su conveniencia. ¿Está cerca?

—No tan rápido. Si pudiera, sería ahora mismo. ¡Qué diablos! Quizás me comería una de esas ensaladas.

—¿Qué? ¿Cómo sabe dónde estoy?

—Relájese, soy el que ustedes buscan. El Inspector Cordell piensa que estoy corriendo. Les garantizo que no es lo que parece.

—Como le dije…, no quiero estropear el trabajo del Inspector, pero le diré algo simple.

—¿Qué es?

—Estoy bien lejos de una carrera de fiscal, pero no veo mucha evidencia contra usted. Probablemente está enterado de los eventos después que partió con la señorita Santa María.

—Eso está bien. Eso trabaja para mí, y aprecio mucho que me lo diga.

—Kasper…, si me permite llamarlo así. ¿Me puedes llamar Genaro, si no te importa?

—Claro…, Genaro suena bien, Genaro es.

—¿Eres cercano a Cristóbal Sierra? Tu guardia de seguridad. Me refiero a que si confías en él.

—Por supuesto que sí. Es nuestra persona en seguridad. ¿Qué trata de decirme?

—No..., estaba pensando que si aún deseas mantenerte alejado, podríamos intercambiar información a través de él. Conocí a Cristóbal cuando Cordell entrevistó a Karla Overman. Parece ser un buen muchacho. En esa forma podrías continuar en tu investigación, sin embargo, si tienes información sobre los causantes de los crímenes, es importante que lo sepamos cuanto antes.

—Eso es justo, y es una buena idea. No me llames, yo te llamo.

Kasper Giralt había colgado. Unos minutos más tarde, Sam Cordell informaba a Solís que era una buena noticia. Solís sólo tenía que permanecer disponible de acuerdo a los términos del corresponsal. Si Kasper volviese a llamar, no lo canalizaría hacia otras vías y debía extraer el máximo de información, ya que debía tener un montón.

La joven con la sonrisa pacífica había abandonado el lugar junto a su amigo guapo con olor dulce y voz amanerada. La pensadora sobre ancianos millonarios y turistas barrigones en busca de experiencias de compras se había trasladado a la sección erótica. De la forma que estos libros eran puestos en anaqueles se requería una escalera para evitar que los lectores inmorales no revisaran la categoría. Los morales y educados sólo necesitaban que algún empleado de la librería subiera y les bajara el ejemplar que se ajustara a sus intereses de conciencia y facultad.

Genaro Solís se quedó sentado en la cafetería ponderando en la llamada de Kasper. Por lo menos, su experiencia forense le había mostrado el camino de la disciplina en la perspectiva del engaño y el doble discurso. En el manejo de estos casos de alto perfil, su intuición forense no aceptaba comprensión superficial.

Las fuerzas evitando la integración y la coherencia eran formidables, y la aprehensión común desde el homicidio en masa anunciaba otra calamidad a la vuelta de la esquina. Mientras Solís se alejaba de la librería, un hombre sin expresión en el rostro lo seguía con la vista hasta que se detuvo a pedir otro café en el centro comercial.

33

Paraíso Restaurante Bar está situado en San Carlos, a tres kilómetros de la carretera de El Valle de Antón en el área de Las Uvas. Detrás del restaurante, varias cabañas para alquilar.

Romina Lomas se sentó en una mecedora de madera color marrón en el patio privado de la cabaña verde que Rosa alquila los fines de semana. En el interior de la cabaña diseñada en forma de bohío había una cómoda cama, una cocina pequeña, un sofá y un baño enorme con ducha extra-grande. Ella prefería el balcón disfrutando de la extensión de selva justo detrás de los elaborados diseños coloridos en las otras cabañas dispersas para acentuar privacidad.

Adolfo Bristol se apareció con dos copas de cachaca caipiriña hechas al estilo brasileño—un ron con jugo de caña, intensamente dulce. Brindaron, y Adolfo dijo que un grupo de expatriados estaban en las clases de salsa, y que tenían un alboroto en el restaurante, pero Romina no se movió.

Ella prefirió quedarse en la quietud del balcón, no interesada en ver la coreógrafa colombiana en sus diminutos pantalones cortos negros con camiseta roja y zapatos negros de tacón alto que le daban un aire de Cate Blanchett, sin el pelo rubio, ojos azules, pero Cate tiene la piel más clara.

Romina favoreció quedarse y hablar.

—Dolfi, ¿por qué en tu nota escribiste que Karla Overman necesitaba verme lo antes posible?

—Bueno, yo sabía que no irías con Sara y su chiquillo mal portado. Después que puse Cuenca Libre ahí, me preocupe mucho. Por eso te llamé. ¿Recuerdas que tenía tu teléfono en la memoria?

—¿Por qué estabas preocupado?

—No es muy seguro para ti que vayas a Cuenca Libre.

—Si tú lo dices..., está bien. ¿Te acuerdas lo que te dije sobre Muriel..., que había algo raro con él?

—Si... ¿y eso a qué se debe?

—Muriel pudo haber sido un falsificador. Él adulteró esta.

En la palma de su mano Romina tenía una tarjeta de béisbol de Honus Wagner, el afamado campo corto de los Piratas de Pittsburgh a principios de 1900. La Compañía Americana de Tabaco había distribuido su conjunto de tarjetas en los años 1909 al 1911 conocido como T206. Las tarjetas se colocaron sueltas dentro de los paquetes de cigarrillos.

—¿Cómo va a ser? Muriel debe haber sido un hombre talentoso. ¿Esta es falsificada?

—Si..., lo es. Sin embargo, una así fue vendida a un coleccionista anónimo en Costa Rica en el 2007.

—¿Por cuánto?

—¿Cómo te cae la figura de dos-punto-ocho millones de dólares?

—No friegues, Romina. ¿En qué cabeza cabe que una tarjeta falsificada vale esa cantidad?

—No imprimieron muchas. Los falsificadores saltaban todo tipo de garrochas para hacerlas lucir como originales. Honus Wagner tuvo un gran nombre en el umbral del siglo veinte. Era un no fumador empedernido. Tabaco Americano diseñó las tarjetas sin su permiso. Cuando se enteró, amenazó con acciones legales, pero unas cuantas salieron al mercado.

—Ya veo..., esas cuantas establecieron un hito en la historia de las tarjetas de béisbol.

—¿Ves? Esta tiene buen tamaño. Es poco frecuente y sus litografías a color son de calidad excelente.

—¿Cómo Muriel pudo involucrarse en este negocio sucio? Pensé que pertenecía a la élite honorable.

—En tus sueños, querido. Muriel jugaba todas las bases. Entérate que Honus Wagner no quería nada que ver con los cigarrillos, pero algunos coleccionistas e historiadores dicen que mascaba tabaco. Y se comprobó que permitió su imagen en las cajas de puros y productos relacionados con el tabaco antes de 1909.

—Entonces... ¿No aprobaba la tarjeta porque, simplemente, quería más compensación financiera por el uso de su imagen?

—Por igual..., Muriel deseaba más compensación monetaria por una imagen en su cabeza. La estás viendo, sin embargo, tenía su mente en una invención formidable. Enterrado dentro del código que envió por correo electrónico, nos quiso apuntar su lado honorable como coleccionista anónimo. Tal parece que quería reconquistar su historial previo.

Adolfo no estaba seguro si quería escuchar más sobre el pasado de Muriel Lomas. Trataba de creer que probablemente Muriel quería que los villanos siguieran la ruta de la tarjeta falsificada T206 para desenmascararlos. Según Romina, enterrado en el código, pudiese ser referencia a alguna persona en especial, quizás el asesino que ya lo tenía marcado. Muriel también podría haber falsificado el plan de guerra original Sigilo Celeste. Adolfo estaba incrédulo de cómo un funcionario tan alto en la cadena alimenticia era parte de un esquema tan engañoso. Su trabajo era el de compilar evidencia y ejecutar el proceso de enjuiciar criminales. No ser parte del problema.

34

Costa del Este era el área de lujo dónde Orvil Braschi y Miguel Dumas operaban actualmente. Habían mudado las operaciones de Providencia y Dumas & Asociados desde el distrito del Cangrejo que por muchos años fue popular para empresarios.

Al igual que la gente de Josué recibió la noticia que iban a circular Jericó por seis largos días, y siete veces el séptimo día, Iván Brolin podía ver la realidad de un despojo de su reino preciado. Se rehusaba creer que su viejo amigo, Braschi, era ahora su némesis. Brolin había invertido mucho en el diseño de las trescientas-diez hectáreas de bienes raíces que es Costa del Este.

Por mucho tiempo, los ricos se enfrentaron entre sí por el derecho a construir rascacielos de primer mundo en el área contigua al Corredor Sur—la carretera que lleva al aeropuerto de Tocumen, y la moderna ciudad futurística de Panatrópolis ya tenía un plan arquitectónico.

Por otra parte, mientras otros jefes del desarrollo empresarial y el poder económico seguían peleándose los derechos por controlar las líneas aéreas, las cabezas de playa, el transporte y la minería... ¿quién sabe si aparte de estas guerras de patentes y derechos de explotación de reservas de petróleo que eran evidentes, Braschi y Brolin chocaron cabezas sobre los derechos de juegos de azar?

Tal vez se estrellaron el uno al otro por la adquisición de propiedades intelectuales valiosas como Plan Sigilo Celeste y una tarjeta de béisbol totalmente falsa de Honus Wagner. Quizás no existía nada más por qué competir, sino por la oportunidad de vencer los demás asesinando al Procurador de la Nación. Una triste manera de exponerlo, pero sus billones de dólares en reserva en el Pacífico e Islas Caimán necesitaban una excusa para crear incidentes agrios con incentivos interesantes.

Ambos usufructuaban un par de manos funestas a disposición, o concebían la virtud de retenerlas. Brolin descubrió a Mario Damon cuando los tributos de azar al fisco nacional circulaban en cinco por ciento. Para entonces no existían tantos casinos, pero el deseo apostador era latente, aunque el gobierno no aspiraba al progreso y los salarios seguían bajos.

A la que Mario se despegó de Brolin para incursionar en la aventura de contratos bélicos con el Pentágono, Braschi levantava el vuelo hacia su propia empresa, consolidando sus negocios con Dumas & Asociados.

El dominio en trata de blancas que Mario organizó para Brolin de improviso giraba hacia Providencia. Para entonces, Braschi estaba disolviendo su primera andanza llamada Fortunórdica, la cual no tuvo mucho éxito por la misteriosa muerte de un americano. Esto trajo la primera pelea entre Brolin y Braschi, pues la inteligencia gringa andaba olfateando las aventuras de Fortunórdica, y Brolin se creía lo suficiente honorable para que le aguaran el guacho con las lindas extranjeras que abarrotaban La Leyenda y otros cascarones de jamaqueo nocturno.

Alfaro Stokes hizo su entrada triunfal como remplazo seguro para Mario. Detrás venía el Servicio de Rentas Internas, con las circunstancias de la primera caída del tercer juego de esclusas para el canal a raíz del sonado caso dónde un consorcio panameño-venezolano contrató para construir una carretera y un puente sobre el Canal. Después que obtuvieron veinticuatro-punto-tres millones de dólares para el proyecto Van Dam, echaron vuelo, y peor, los Estados Unidos aun ejercían control parcial del canal. Tal hinchazón en el ojo de los intereses de Estados Unidos— en términos de estabilidad hemisférica presente desde1914 cuando Teddy Roosevelt vino a ver la maravilla del mundo—no tenía precedente.

Sólo el cerrado círculo responsable de convertir a Alfaro en delator sabía de su propósito de intrusión y su condición de irregular, sin importar los rumores sobre la función y proceso para cazar criminales. La industria del juego era global, y los crímenes de juego pertenecían en otra clasificación—la otra migaja de queso dentro de la singularidad del dólar americano.

Al adquirir una estación de televisión, y planeando hacerse de un periódico, Braschi sintió ventaja predominante sobre su viejo secuaz. Iván se estaba poniendo viejo. No le quedaban fuerzas para continuar asentando mediocridad, a menos que la tributación al fisco no bajara de quince por ciento. Podría tolerar hasta diez, pero solo un dedo sujetaba la barra de mono en la firmeza que sus vecinos de Panamá Viejo habían montado una camarilla para correrlo fuera de las premisas.

Mientras Braschi ojeaba su Rolex ponderaba en su propio y torcido sentido de oportunidad. Se sentaba en su oficina con paredes de cristal para prevenir cualquier explosión de gases nocivos enterrados en el vertedero debajo de Costa del Este. Siempre estuvo destinado a creer que el vertedero estaba por debajo del Parque Industrial, al otro lado del Corredor Sur. Hasta que no viese el gas curiosear dentro de los calzones se enfocaría en explotar el dinero virtual de Mario Damon.

Precisamente, conocía muchos venezolanos dueños de propiedades por allí y alrededor de la ciudad. Había escuchado rumores que el dinero virtual era muy popular en la nueva República Bolivariana, y era lo suficiente audaz como para lanzar programación en Televisión Skylark con un especial de cómo el dinero virtual pudiese costear equipos bélicos rusos e iraníes para los cuatro comandos y seis divisiones del ejercito bolivariano.

Entre estos negociantes... ¿a quién le podría interesar? La mayoría ya tenían establecimientos serios como flotas de taxis, restaurantes, estaciones de cambio de aceite, bienes raíces y proveedores de maquinaria pesada. A Miguel Dumas le encomendó encontrar a alguien que le gustara el título Bolivariano, porque los honestos viviendo en Panamá eran aun venezolanos, quienes estaban aquí gozando de libertad. En caso que Miguel se topara con alguno decidido a cooperar, él tenía instrucciones estrictas de Orvil de chequear el historial. No similar el fiasco de Alfaro Stokes.

Mientras el aire no estaba contaminado, Braschi pensaba en los residuos de Mario desde que los federales le cayeron como avispas. Conociendo que el único infiltrado—el difunto Alfaro—no hablaría de cuantos fantasmas de la CIA o cualquier otra sombra seguía el rastro del dinero y los riesgos por lo que se proponía.

Incluso si tuvo que fingir un lloriqueo ante Mario y ante un pedazo de pescado muerto, Órvil estaba absolutamente seguro que en su mente nunca había ordenado un homicidio. Miguel ni siquiera hablaba de eso, ya sea por la cosa de la mano derecha a sabiendas de lo sanguinario que la izquierda puede ser.

Alfaro era de cepa diferente. Fue ingenuo, y es más probable que se encontró con la de la cara tapada en Gamboa porque—de acuerdo con la suposición de Órvil—se unió a la tripulación incorrecta. Hubiese sobrevivido más tiempo si se hubiese enlistado en Blackwater.

No obstante, Órvil se sentía seguro de poder conseguir la pieza perdida. Aunque tomara más que un regimiento de mercenarios descabellados, el no ordenar sicariatos no prevenía su participación en infligir genocidio masivo. El destello de la posibilidad bolivariana con dinero virtual pudiese rodar hacia los iraníes. Con lo que buscaba, la Asamblea de Expertos—aparte de terminar una bomba para erradicar hasta el último judío quedaría encantada.

Si Braschi había actuado con pánico ante Mario, sin duda actuaría más aterrador ante el Servicio de Rentas Internas estadounidense, pero nada correspondía al peor temor de saber que toda la restructurada seguridad en el Departamento de Estado le respiraba tras la nuca. Hasta el gato.

Muy cerca en su oficina en un piso inferior, Miguel Dumas soñaba con otro fin de semana con Maína Salomé y Obalué Miranda. Ambas habían actuado exquisitas en todo el sentido de la palabra. Pero nada era tan delicioso como sentir éxito liderando el dominio de la colusión utilizando el espíritu ciego del Istmo como intermediario a la fuente del juego sucio y exótico. Fue un trio harmónico para aclarar el camino hacia la posibilidad de que la bomba de la desinformación estaba en el dominio libre.

Maína había demostrado que ella también era ingenua. Su confianza desmedida no pudiese desmadrar a Cuenca Libre para que Televisión Skylark, el futuro periódico y Providencia comenzaran a dominar su porción de la tajada en divulgación amañada. Lo que ocurriría a las relaciones estadounidenses con

Panamá, lastimosamente pudiese ser el trofeo de la iniciativa.

El látigo terrible en los movimientos mafiosos en parte de Brolin al proyectar que él se tumbó el fondo de la Lotería para financiar la empresa Juegos Istmeños, sin duda pondría La Leyenda contra la pared. En realidad, Juegos Istmeños y aviadores pronto se convertirían en cascarones de Providencia y de Braschi. Siendo estos el filo en el ataque frontal contra La Leyenda, Thelma estaba bien plantada detrás del esquema.

Una estrategia brillante. En caso que el Ministerio Público decidiera reabrir el expediente de Pauper y la lotería, muchas personalidades distinguidas se encontrarían de la noche a la mañana con los pies en agua caliente. La estrategia llevaba ambición de forzar la negociación. La trilogía de gobierno, visualizando parte del caos internacional estaría a favor de remendar las relaciones con los americanos.

Era demasiado temprano para que el Ministerio Público reabriera el expediente, pues primero habría que seleccionar el remplazo de Lomas. La idea fabricada de que Karla Overman se esforzaba por presentar noticias selectivas, eso no le hacía mella a lo de traer a colación el acuerdo comercial. En otro momento, pudiese influir, pero después de la muerte de Lomas las instituciones judiciales estaban muy ocupadas revisando sus parámetros.

Los panameños ahora eran más educados que nunca. Aunque la educación en política y asuntos del hemisferio no eran tema formal en kínder, cualquier estudiante con cuatro añitos de vida ya era muy versátil en el aspecto político. Esta gente era moderna. Habían trabajado arduamente ante la cara de la tiranía, y eso vale si la democracia auténtica brota.

Todo lo que Miguel Dumas fuese capaz de idear sería más inteligente que apoyar a Braschi en formación de una nueva empresa para interceptar llamadas telefónicas. Era mejor asesorarlo a que continuara obteniendo órdenes judiciales para intervenir, sin embargo, ambos estaban acostumbrados a manipular el orden judicial que tampoco se presentaba con tarjeta de santo. Sus ciento-ochenta grados hacia el otro lado encaminaban a Braschi hacia el desastre, y Miguel no necesitaba distracciones inestables que lo pudiesen bajar de la nube flotante y altiva.

El teléfono sonando en su escritorio lo derribó de aquel cúmulo unidireccional.

—Miguel..., es Órvil. ¿Cómo estás?

—Aún estoy. ¿Qué hay de nuevo?

—Espero que estés sentado.

—Dímelo si no me caigo.

—Es una prenda..., Iván le puso un detective privado a Thelma. Regresó con bastante evidencia enzarzada.

—No me digas... ¿Y Mario lo permitió?

—¿Quién sabe? Pero Mario se enteró quién es el detective y lo amenazó de muerte, supuestamente ayer por la tarde. Hoy, Mario estaba en un restaurante que muestra las guitarras de Elvis, cerca de Paitilla y el detective le envió un mensaje con un gorila de trescientas libras.

—¿Pasó a mejor vida?

—Espera..., aguanta tu inquietud. El hombre vino vestido en traje de quinientos palos, pero al parecer cogido en anabólicos. Hulk levantó al chiquitín de la Isla Mágica, lo lanzó contra la mesa y rompió hasta las sillas. Milagrosamente Mario se levantó y salió del lugar por su propio reconocimiento.

—¿Y qué viene? ¿Venganza?

—No puede..., y si me sigues interrumpiendo te vas a perder el resto de la fábula.

—Bueno..., bueno. Síguele.

—Mario está muerto. Le dispararon varias veces al llegar al Benz en el estacionamiento. No me preguntes si el detective es responsable..., no lo creo por el mensajito previo.

—Estoy de acuerdo. No había razón después de aquella acostadita.

Para estos dos, esta conversación era ciencia básica de la estructura genérica cuando dos partes limitan la libre competencia engañando y estafando a los demás de sus derechos legales.

La confrontación entre Brolin y Braschi, más o menos, llegaba a su fin. Brolin invitó a Thelma a dar un paseo por Isla Perico con su perro favorito, que por mucho tiempo no había dejado el closet de la recámara de Iván. Se llamaba Magnum 357. Los tres penetraron la parte de Amador donde la antigua discoteca a estilo brasileño—Yemayá abrió por primera vez.

Magnum llevaba un hueso para masticar diseñado con doble acción. Por su gran masa, Iván siempre llevaba un freno de boca extra, asegurando que la mordida no le causara mucho retroceso. Por su edad avanzada, Iván no quería que su perro se desbocara y confundiera un oso con un alce. Pero hoy se sentía vigoroso como para disfrutar de una larga sesión en el polígono.

El final de este camino fue muy traumático para Thelma. En retrospectiva, los últimos días sintió que Braschi y Dumas se aprovecharon de su vulnerabilidad por la cosa con Mario. A pesar de que Iván actuaba de manera gentil a su lado con sus brillantes dólares americanos, a veces desataba sus frustraciones sobre ella.

El perro del reino invencible de Panamá Viejo estaba tan rabioso como para garantizar que el homicidio con suicidio por cuernos se siga clasificando como incidente abstracto e impersonal adormecido detrás de las estadísticas de violencia doméstica. Tales números, insignificantes si eres pobre. Siendo rico, ahora no importaba.

35

En una tarde lluviosa de domingo en primavera, un desconocido irrumpió en Cuenca Libre, y entró en la computadora de Kasper. Cristóbal Sierra, el guardia de seguridad debió haber estado durmiendo o le pagaron.

El hombre se sentó frente a la pantalla, seguro de sí mismo en poder introducir la contraseña correcta para unos minutos más tarde observar las respuestas a un abrumador correo electrónico que acababa de enviar.

Las nubes sobre la Bahía de Panamá parecían estar tratando de decidir si debía ocultar el final de este día o permitir que la retribución permitiera un salto y un chillido para animar su espontaneidad. El sol y las nubes interactuando, creaban grandes esbozos de color transparente que al día siguiente serían lóbregos como infierno para el registro de credibilidad que Cuenca Libre forjó con gran apetencia.

Sus sentidos estaban vivarachos, sus emociones involucradas, y una sensación de grandeza autosuficiente e infinita le rodeaba. Le daba igual el secretismo. Para la conexión con la persona al otro lado de la Internet, la misión llamaba recordar expresión de un viejo desprecio.

Quizás sus instrucciones incluyeron los detalles que esto era parte de una visión sobre el verdadero significado de la propaganda. Lo único que recordaba era que no le importaba un comino los preceptos y la única divulgación de su parte debía incluir el uso del filo y se lo prohibieron. Por el momento.

Había sido unos días antes durante una partida de dominó en un tranquilo rincón de Veracruz. La mesa y las cervezas compartían interioridades con un exclusivo grupo de los corruptos. Miguel Dumas estaba sentado a su lado repitiendo que lo pensara antes de aceptar la tarea, comprender este ejercicio podría subsistir fuera de lo común.

Entonces supo que menoscabar el propósito del escenario sería tan desagradable como saber que Danilo Pérez nunca más presentaría el Festival de Jazz de Panamá en primavera. Miguel le suplicaba que contuviera el deseo del exterminio, ante el temblor y transpiración de las manos sobre las fichas de los otros jugadores.

Tanteando la idea de salir y ponerle a Cristóbal las del lechón en pascuas, se preguntaba si el plan caería tan dulce como el saco de papas de Tony Mota se desplomó por el misil de la carabina XM8 Heckler & Koch a trescientos metros desde el quinto piso, dónde la Casa de Piedra le proveyó labia al perico del pecado y luego, penitencia en bata color vino hasta

Portobelo por tres días, exponiéndose a las inclemencias climáticas y durmiendo en el camino.

Nadie era paralelo en su impresionante habilidad de francotirador con el rifle que Tropic Product Design probó en los polígonos improvisados de Barro Colorado. Por ello, sentía que la prueba absoluta llevaba la insignia de la repugnancia, pues la organización podría haber mantenido evaluaciones de material bélico en la clandestinidad. El malentendido que TPD se iba a quedar fue la razón principal de su regreso. Le prometieron que la limpieza de las áreas contaminadas en Nuevo Emperador sería ejecutada antes de los veinte años reglamentarios, pero los gringos se estaban pegando en la idea de que el Tratado del Canal nunca contempló ninguna recogida de misiles ancestrales de morteros y piezas de artillería que hasta ahora dejaron a muchos sin extremidades. Entonces, sería mejor aceptar cualquier desafío que Miguel Dumas le impusiera, y si abarcaba la posibilidad de matar, bienvenido.

Tal vez Dumas le podría haber dicho—lanza una moneda, y la dejas caer de cualquier lado. Si ves cruces no mates y si ves cara haz lo que te venga en gana.

Sentado en la mesa y apunto de ejecutar un capicú, Dumas le entregó un paquete gordo de verdes en billetes de veinte, cincuenta y cien, y desde allí, el desafío comenzó a desarrollarse al modo de los viejos tiempos.

Aunque este trabajo no era tan emocionante como los escenarios antes formalizados, contemplando las preocupaciones electrónicas de Maína Salomé, sentía que había hecho un traje a la medida de su historial previo.

Llevaba un calendario en su interior, sobre todo, acerca de los lobos rumiando el perímetro. Sus voces interiores insinuaban que volviera a su dote destructivo, pero su energía y entusiasmo habían pagado un precio exorbitante por aceptar que la pelota rodara en otra cancha. Su manera solitaria no había aprendido la inclusión de otros en esfuerzo y responsabilidad de trabajo en equipo. Siempre creyó que toma sólo un jugador de confianza, aunque se acordó que Sigmund Freud creía en tres personas internas. En este momento pensaba que Freud era más loco que él. A este chacal no le importaba la alimentación o la vivienda, ni el amor o la moral. Simplemente confiaba en la parte que le ordenaba manipular, sobrevivir y aniquilar.

Afuera, el soñoliento o sobornado Sierra Cristóbal soñaba, en caso que estuviese dormido cuando el forastero entró, o hablaba con su conciencia si la coima era graciosa para la inocente tarea equivalente a hurto profesional.

Esta tarde Cristóbal era muy afortunado, pues la moneda de Freud había caído nave y no cabeza. La bestia sentada en la silla negra y poco exigente de Kasper le ahorró la fatalidad para su mejor comodidad. Matarlo sería volarle la cubierta al plan. De cualquier forma, este lobo alfa regresaría porque tenía la tendencia de migrar, hibernar, y permanecer predominantemente activo dentro de la manada de un solo afiliado.

Además, no fue Sigmund Freud la fuente de que lo que sabe una mano, la otra no está consciente. Cara o cruz... cabeza o nave. Cualquiera da lo mismo.

36

En la nueva sede de Cuenca Libre en el antiguo edificio de la Autoridad de la Región Interoceánica, en Amador, el teléfono con mancuerna francesa de Karla Overman sonaba frenéticamente. Ella pensó que pudiese ser el embajador, pero había otras cosas que atender.

El titular de América Hoy era peor de lo que esperaba. Esta no debió ser la forma de informar sobre un viejo atraco a la Lotería Nacional para costear una red de prostitución ilegal en Juegos Istmeños y Aviadores—establecimientos con registro de Iván Brolin. La noticia era explícita en que el Ministerio Público reabriría el expediente para enjuiciar a Brolin, y que la sociedad civil pedía el derrumbe de La Leyenda para devolver el área al patrimonio nacional.

Maina se encargó de incluir que Karla estaba por delante del embajador estadounidense, por ende, la diplomacia de Estados Unidos había permitido que se debilitaran los controles judiciales a través de una campaña de vigías y pinchazos ilegales, mientras el poder judicial evaluaba las controversias del tratado comercial.

Televisión Skylark estaba al aire con un panel de analistas políticos desgastados discutiendo lo peligroso de la situación.

Karla puso tres enormes tazas de café en su escritorio para Sam Cordell, Jonás Cooper y Elmer Giralt. Genaro Solís no había llegado, pero Sam lo pondría at tanto más tarde.

—Sam, a pesar de este circo de calumnias, parece que tienes control de la evidencia. Haz seguido tus instintos en forma ilustrada y sabemos que aun necesitas información adicional—dijo Jonás.

—Muy agradecido por la cooperación. Espero que la fiscalía trabaje lo mismo de rápido para procesar estos sinvergüenzas.

Entonces Karla intervino—creemos que Lomas ya había recibido una amenaza de muerte o extorsión. Por eso hizo creer a Romina que andaba con otra mujer. Para protegerla, mi nombre cayó en el sancocho como la pretendiente de su marido, y Sara Guzmán fue crucial para que Romina fuera de vacaciones a Puerto Rico.

—Ya entiendo. ¿Y qué hay con el enigma del Editor? —Simplemente—Jonás tomó la rienda—Lomas inventó lo de Bekker, pues sabía que todos sus modos comunicativos estaban intervenidos. Era una curva que nos tiraba a nosotros, y así supimos que estaba amenazado de muerte. Analizando el término Bekker, llegamos a la conclusión que se refería a La Suda—una gran enciclopedia bizantina de carácter histórico, acerca del mundo mediterráneo antiguo, escrita en griego en el siglo diez por eruditos bizantinos. Suda puede significar fosa, empalizada, fortín, trinchera, guía, o tal vez hace referencia al pueblo griego de Souda. Es una enciclopedia alfabética, con treinta-mil entradas, muchas de ellas procedentes de fuentes antiguas que se han perdido desde entonces. De hecho, fue Immanuel Bekker el compilador de la enciclopedia. Eso nos dio otra idea de que posiblemente, el anagrama tiene que ver con algo muy valioso, o con una persona en el campo de los eruditos. Tan pronto supimos que Lomas iba a enviar un correo, desencadenamos nuestros detectives digitales y Kasper recibió lo duro de la asignación.

De allí en adelante, iluminaron a Cordell en la magia de cómo los americanos gastan millones en descifrar cualquier misterio. La frase: Conócete a ti mismo, es lo que Tales de Mileto, el filósofo griego antiguo cinceló en la fachada frontal del oráculo de Apolo en Delfos. De acuerdo con La Suda, la frase significa una advertencia de no prestar atención a la opinión de la multitud.

Así, los detectives digitales llegaron a la conclusión que los Intelectuales—Matienzo Belaval y Marín Archilla advirtieron a Pauper Gandia y Vincent Totten que sus vidas estaban en riesgo. Pero en específico, podría ser relativo al guion del impopular filme, El Americano Feo que llevaba como fondo el Plan Sigilo Celeste—plan de guerra olvidado por razones misteriosas.

Para establecer el estudio de filme, el contacto de Brolin en Hollywood sugirió tras la invasión, la destrucción y la inestabilidad política, El Americano Feo hubiese sido muy impopular. En su lugar, decidieron por El Americano Impasible—otro filme de 1958 en el cuál un inocente agente comercial deja de ser un peligroso espía de la OSS—antecesora de la CIA. De esta forma, igual que la novela de Graham Green, el filme era sinónimo de fuerte crítica al intervencionismo estadounidense en el sudeste asiático. Además, para reforzar el contenido propagandístico del film y empobrecer todavía más su calidad artística, el rol protagónico fue desempeñado por Audie Murphy, un actor pésimo cuyo principal mérito consistía en haber sido el soldado estadounidense más condecorado en la Guerra de Corea. El asesor al guionista—Edward Landsdale, era el legendario operativo de la CIA.

Cordell se paró frente al escritorio, desesperado por fumarse un cigarro—¿Hay algo que no empareja aquí?

—¿Qué sería eso, Sam? —pregunto Cooper.

—¿Qué causó la muerte de Lomas?

—Eso aún no es claro. Sólo sabemos que Muriel había montado una campaña de engaño a Braschi y Dumas con ayuda de Romina y Kasper. Les hizo creer que el Plan Sigilo Celeste era una pieza intelectual de gran valor, y que los Archivos Nacionales de Estados Unidos buscaban.

—¿Valioso?

—En millones, y Alfaro vio el maletín dónde posiblemente yacía el Plan y una tarjeta de béisbol falsificada de Honus Wagner, el legendario torpedero de los Piratas de Pittsburgh.

—Ahora asimilo el comportamiento raro de Romina ante T206. Entonces... ¿la muerte de Alfaro pudo ser debido a su presunto conocimiento de los contenidos dentro del maletín? Sin embargo... ¿usted dijo... falsa? ¿Hay algo más?

—Sam..., sabemos que Apolo era el dios de la música, la razón y la luz. Para nosotros, parece que Lomas envió un mensaje codificado en dos partes. No hemos sido capaces de decodificar la parte en que Lomas se refiere a Gato Barbieri y Europa, la famosa pieza musical de Santana. De hecho, creemos que se asocia a alguien en particular. ¿Sabes quién esa persona puede ser? —intervino Elmer.

—¡Sí! ¡Lo sabía! — Cordell saltó de su silla, encendió un cigarro, pero de repente se puso pálido y enmudeció.

Tres disparos sonaron fuera del edificio. Miraron a la calle y un hombre corría hacia la rampa que conduce a la carretera Panamericana. Salieron de la oficina de prisa. Cristóbal Sierra, el guardia de seguridad, yacía tirado boca abajo en un charco de sangre.

37

La lluvia y el viento azotaban al Inspector Cordell mientras corría por la carretera Panamericana con mucho tráfico cerca. Su respiración era jadeante debido a la sequedad en los pulmones causada por el humo del cigarro. Su boca estaba peor y apestaba como siempre.

Se detuvo unos segundos para pensar por qué su mujer no quiso besarlo en la primera cita. Sintió que la caja de puros contrabandeada marca Cohiba de repente era muy pesada. La sacó, la besó, y la guardó de nuevo. No dejaría de fumar en forma definitiva hasta que terminara la persecución.

Llevaba la mano derecha con firmeza sobre la empuñadura de la Glock, pero su fama era la de cumplir sus deberes policiacos por el libro.

Dos veces los vehículos en movimiento hacia el oeste lo salpicaron con agua fangosa mientras arrastraba los pies casi llegando al Puente de las Américas. Vio un par de huellas en la tierra suelta y lodosa sobre el pavimento. Se desviaban a las rocas, y era posible que el individuo buscara refugio debajo de la estructura.

Siguió el rastro, que ahora iba la cantera, más adelante una caída a una altura extrema sobre la vía acuática. Miró hacia el canal por un momento, el agua era chocolate, producto de las excavaciones de un juego adicional de esclusas más amplias y profundas.

Miró hacia el borde del puente y sabía que su presa estaba cerca, no había otro lugar para esconderse.

—¿Por qué saliste corriendo si bien sabes que no estoy en tan buenas condiciones como tú?

La voz del inspector salía como el ganador de la Maratón de las Américas, escrutando su presa.

—Genaro Solís lo miraba de vuelta como felino enjaulado. Su chaqueta y pantalones de pana parecían prestados de Indiana Jones cuando se metió en un refrigerador y una explosión atómica lo sopló al cielo.

—Sam... ¿Qué haces aquí?

—¿Qué crees que hago? Sammy Marrero y Raphy Leavitt me citaron aquí para devolverles el disfraz de Payaso.

Solís se percató que el jefe no parecía muy contento y miró al agua sesenta pies debajo—vine a la reunión contigo y al llegar escuché los disparos. Trate de perseguir el taxista, pero aceleró hacia el puente. Estaba esperando otro para regresar a Cuenca Libre. ¿Qué diablos pasa?

Cordell exclamó un par de blasfemias, se compuso, le apuntó con la pistola y le preguntó si todo era producto de lo aprendido en aquel siniestro laboratorio forense en Colorado. Después le advirtió que como no iba a pensar... ¿Cómo no lo investigaría tan pronto asumió el trabajo tan sensible a su lado?

Entre los cuestionamientos duros, Cordell incluyó las posibilidades de que había sido él, y no Alfaro el que ejecutó a Juliana y a Tony. También le preguntó si fue que Thelma le pidió que eliminara a Alfaro, pues ella temía por su relación con Mario.

Olmedo Salinas lo miraba desconcertantemente, sus ojos centrados en la boca del cañón de Cordell.

—Olmedo, es mejor que pongas tu pistola sobre esa roca—el detective señalaba a una—entonces, me das el maletín.

—No traje pistola, Sam. Tengo algunos informes forenses para ti aquí dentro.

—El arma que acabas de usar para matar a Cristóbal Sierra y, probablemente, el mismo que usaste con Alfaro, en Gamboa. Es una pena que no encontré el rifle de francotirador que utilizaste con Tony Mota. Sin embargo, te equivocaste al preguntarle a Kasper si confiaba en Cristóbal Sierra. Dime una cosa, Olmedo. ¿Quién era tu arcángel digital? Tienes que reconocer que Kasper se las jugó fría contigo, y su presentación fue muy bonita. Fingió que te daba todos los detalles importantes. Detrás, copilaba pruebas contundentes en tu contra. ¿No piensas que Kasper pudo haber sido mi compañero más leal durante todo este tiempo? ¿Liquidaste a Mario para obtener el maletín? ¿O fue que te interesaba la tarjeta falsificada del Flying Dutchman, Wagner?

Cordell hizo una pausa y movió la pistola como si estuviera perdiendo la paciencia, pues Olmedo no producía la pistola y la ponía sobre la piedra—no permitas que lo haga, Olmedo.

Entre intercambios sobre si Olmedo era el responsable del homicidio en masa en el Ministerio Público, y sobre los uniformes de bomberos, Cordell sólo recibía un aire de arrogancia y negación de estar involucrado.

—Espera un momento, Sam. No me has leído mis derechos.

—¿Dónde diablos crees que estás? ¿Kansas?

Al otro día, los medios reportaron que un desconocido saltó del Puente de las Américas, y que el Sistema de Protección Civil estaba buscando el cuerpo.

EPÍLOGO |

La mañana siguiente era alborada en El Copecito, y la lluvia de abril se había calmado. Uno de esos amaneceres que uno se levanta, mira hacia arriba, da gracias al Arquitecto Universal, luego mira por encima de los árboles de marañón, y acepta la invitación de la hamaca y una promesa.

Mara se había levantado temprano pensativa en el aguacero melancólico de anoche. Mientras la familia estuvo reunida en el bohío, ella cavilaba que vagaba por muchas calles, callejones y por los caminos de la pesadumbre.

Entretanto los pobladores de las colinas se salpicaban por no tener cobija, la familia Giralt había alcanzado la cúspide de los deseos. La casa era hermosa y útil—la alabanza bien recibida de parte de amigos cercanos y virtuales. Los colores en el jardín le recordaban a dos de esos amigos cercanos; Pauper Gandía y su padre, Vincent Totten.

Mara se inclinó hacia adelante hacia el guardián del secreto de Muriel Lomas—el componente de música Sony que Elmer adquirió con una llamada telefónica a Bob unos minutos después que Lomas envió su correo por la Internet. Sólo le tomó a Elmer unos segundos para el acceso del disco duro de Lomas y la data en el USB.

De paso, en los últimos años, Elmer había pasado mucho tiempo navegando y analizando las debilidades de la presencia de los gobiernos mundiales en línea para desarrollar piezas periodísticas. A menudo con noción de dedos rápidos piratas. Sus compañeros de noticias decían que poseía habilidad nata para invadir la privacidad de otros.

Europa, de Carlos Santana con Barbieri había envuelto el arco iris mañanero, y las armonías y texturas de saxofón tenor, únicas de Gato Barbieri arropaba el lote. En toda la elegancia de ochocientos sesenta y siete metros cuadrados de cemento, pintura y verdor.

Los documentos dentro de la bóveda subterránea debajo de la maravilla de melocotón no sólo estaban ligados al caso de Lomas, sino que revelaban por qué el código del Editor se refería a Mara Totten. Lomas sabía lo que ella traería del Área 51 en Nevada. Además, sabía que Vincent dependía mucho de ella como editor desde que ella tenía doce años de edad. Este hecho nunca podría ser interceptado.

—Pero hay algo que no cuadra aquí—dijo Kasper meciéndose en la hamaca roja, café en mano.

—Tu abuelo inventó un dispositivo de vigilancia—replicó Mara con una sonrisa torcida mientras bamboleaba en la hamaca dorada.

—¿Qué?

—Papa Viny empezó a trabajar con el Star and Herald como fotógrafo a tiempo parcial en la década de los cincuenta. Henry Chandeck, el editor en jefe del periódico hizo que todo el personal asignado escribiera titulares en los temas que les interesaran. Uno de los papeles de Vincent discutía la aplicación de conceptos biológicos a la sociología y la política—analizaba cómo las diferencias físicas del Rol de Oro y Rol de Plata en la Zona del Canal podrían ayudar en muchos tipos de diseño. A Henry le pareció que Vincent proponía en vez de enfocar en las diferencias, la sociedad debía ser más inteligente tomando en cuenta los rasgos humanos—postura, estatura, tamaño corporal, movimiento, área y volumen.

—¿Vienes del lado de ingeniería? —preguntó Henry.

—No señor..., realmente no. Del lado de la pintura podríamos decir—contestó Vincent riéndose.

—Caramba..., Vincent. ¿Esto es ciencia de carretas de bueyes?

—No..., ese es mi titular de mañana.

Ahora Henry era el de las carcajadas—¿Pintura? Michelangelo te amaestró?

Pintar las estructuras del canal nunca partiría del corazón de Vincent. Trabajando a medio tiempo en el periódico abrió sus ideas en el sujeto de la ingeniería de factores humanos.

Entonces Henry le asignó su propia columna— Vincent, pareces versado en fondo vocacional. Dime... ¿Aprendiste a escribir metodología organizacional a través de la pintura? Veo tu inspiración ocupacional en cada uno de tus escritos.

Era porque el servicio clandestino de inteligencia estadounidense ya había reclutado a Vincent para un proyecto especial. El lado de ingeniería aeronáutica, en el desarrollo de un avión de reconocimiento secreto codificado A-12 OXCART por la compañía Lockheed

Aircraft, y lo estaban probado en el Área 51 de Nevada. Debido al tamaño limitado de la cabina, los pilotos tenían que ser un poco menos de seis pies de alto y debían pesar menos de 175 libras. A raíz de un control exhaustivo físico y sicológico, dieciséis posibles candidatos fueron seleccionados por la Agencia para seguridad intensiva y el examen médico. Uno de ellos fue Robinson Blair, quien entabló una gran amistad con Vincent.

—¿Y entonces? Preguntó Kasper rellenando la taza.

Elmer entró en la conversación—A finales de 1961, sólo cinco pilotos habían sido aprobados y habían aceptado la oferta de empleo con la Agencia en un proyecto altamente secreto. Tenemos la sospecha que era el avión avanzado, SR-71.

Eso era así. Trabajando en la División de Ingeniería de Factores Humanos, Vincent comenzó a juguetear con equipos biométricos. Para 1987, ya había desarrollado un sistema de entrada de seguridad inalámbrica basada en la tecnología de verificación de rostro que actualmente se utiliza en aeropuertos y en zonas de alta seguridad. Sin embargo, le faltaba un componente para un descubrimiento maravilloso, hasta que recibió una llamada telefónica de Robinson Blair, su amigo de mucho tiempo. Le pedía a Vicente que le llevara a su hijo, Mateo, a Valle Escondido en Boquete. Mateo Blair nunca había conocido a su padre.

Manejaron el trayecto de quinientos kilómetros hacia la provincia de Chiriquí. Una vez allí, mientras la taza de chocolate caliente temblaba en su mano y observaba una caravana de extranjeros en carritos de golf con la esperanza de mantener su handicap por debajo de lo ridículo, Robinson dijo que estaba en problemas.

Robinson Blair era de tez blanca, alto y un gran corredor de maratones. Vestía simple con una holgada camisa color claro, pantalones jeans, botas con punta de acero, y una gorra de los Cleveland Indians. Vincent le preguntó qué tipo de problemas, y Robinson le contó que estuvo trabajando con un contratista de defensa en el Laboratorio de Campo Santa Susana, en el Valle Simi de California. Una agencia anónima lo reclutó por su conocimiento en electrónica y baterías de litio y yodo. La labor era tan sensible que requería a los empleados el implante de chips de rastreo en la parte trasera de los codos. Pero algo fue mal, Robinson se arrancó los implantes GPS y se fue a la fuga.

—¿Cuál era esta compañía contratista? —preguntó Kasper.

—Coherers Systems—dijo Elmer.

—No puede ser... ¿dices que Mario Damon estuvo involucrado en algo tan profundo?

Mara se adueñó de la presentación—¿Captamos tu atención? Obviamente tu abuelo trabajaba para la Agencia de Inteligencia de Defensa o para la Agencia Nacional de Seguridad.

Elmer siguió—Igual que Pauper Gandía, Vincent mantuvo su vida de espía muy cerca del pecho, como debe ser. Su vida como Boina Verde había sido lo suficiente agitada. Karla siempre dijo que fue una idiotez el aceptar la posición como administrador de seguridad en La Leyenda. De seguro ella no sabía que Pauper estaba muy bien conectado. Al mismo tiempo que ejecutaba una misión de espionaje, trataba de averiguar quién asesinó a su compañero, Alexander Beling. Tal parece que él y Vincent trabajaron en más que un guion de cine. Tengo el presentimiento de que se mantenían en la información y desinformación.

—Entonces... ¿Robinson Blair pudo haber sido otro espía rastreando a Mario y su compañía? —dijo Kasper.

Mara retomó el compás—Robinson le entregó a Papa Viny las placas que removió de los codos. El ingrediente que faltaba para terminar su dispositivo de vigilancia, su proyecto de vida. El remoto biométrico más excelso para escucha de llamadas nunca antes visto. Tú lo tuviste contigo y lo protegiste bien.

En eso Elmer recibió una llamada de Jonás Cooper y contestó. Por unos minutos pronunció una serie de ruidos afirmativos y terminó la llamada.

—Dice que Cordell devolvió el maletín con una copia falsificada del Plan Sigilo Celeste y la tarjeta adulterada de Honus Wagner. Y de último dijo...

—Que más nene. —Mara se moría por saber.

—Veintidós billones de dólares que La Leyenda, Coherers, Providencia y Dumas & Asociados tenían en el oriente ya no están.

—Santo cielos, que malo es ser pobre. ¿Quién pudo haber hecho ese robo tan audaz? —dijo Kasper incrédulo, parado al borde de la piscina.

—¿Te acuerdas de El Universo en una Nuez? Alma operaba desde el Observatorio de Astronomía en Coclé. Creo que Romina Lomas es Alma.

—¿Qué dices Papi? —exclamó Kasper derramando el café en la piscina.

—Si mi querido Adolfo Bristol. ¿No te dijo Romina que trabajaba en el observatorio? ¿No te dijo que estudió en la Universidad de Cambridge, dónde Stephen Hawking obtuvo su doctorado en cosmología?

—Si, ahora me doy cuenta. Ella era la última Intelectual.

—Eso es todo, mi querido Dolfi. Ella te envió un mensaje en caso que interceptáramos su comunicación con Luckie Coulter. Es por eso que dijo: Los humanos no serán esclavos de cualquiera que conozcamos en este viaje. Se refería al encuentro contigo en Fajardo.

—Definitivamente ahora lo visualizo. Nuestros otros distinguidos limpios fallaron en prepararse para un contragolpe sin piedad que vino atado a la sombra de la vigilancia y los pinchazos.

AGRADECIMIENTOS Y OTROS ESTÍMULOS |

Muchas gracias a Bob & Gladys Barry por la idea de que los fantasmas sostuvieron una reunión en su villa. Las tecas son auténticas, y los snowbirds quieren ser gallinazos.

A Rudy Shiels: Europa, Barbieri y Santana fueron paradigmas envueltos en Medallas y barbacoa, e inspirados en camaradería desde hace mucho tiempo. Salud dónde sea que te encuentres.

A Olmedo Salinas: Aprecio mucho la combinación de las cachas de marfil con jazz, y fuiste bastante manipulador en la obra. En vida real demasiado normal, pero no para que intentes mejorar hacia El Llanero Solitario.

El crédito por hacer esto relevante y significante va a mis buenos amigos del Club Los Magníficos: Danubia & Panayotis, Neyi & Cristóbal, Roxana & Ramón, Telia & Luis, Olga & Ernesto, Sheila & Cesar, y Janet & Luis. El apellido Chandeck salió elegante como el eslabón entre El Editor y su invento divino. El infiltrar el apellido Santa María merece imbuir retribución del nombre real y perfecto; Danubia. La escena del apelativo Cristóbal fue bastante cortita y no le fue muy bien, pero el real baila mejor. A Ernesto le atribuyo la idea del guion de filme, y la CIA asesorando para que los secretos sigan siendo secretos.

No existe número Universal de cariño para Rosita, Magdiel, Fabián, Verito, Lena, Edward, Doris y Fósil. Todos jugaron su papel con gracia y esperanza para contribuir y demostrar que la amistad endurece la voluntad de presentar algo entretenedor.

A Benigno y Janeth, mucha distinción por el nombre de Bon Profit y la oportunidad para que el personaje de Muriel Lomas probara la mejor paella de la casa en Panamá. Espero que no se haya ido sin probar el jugo de uvas en jarra.

Me mantengo en estima por el apoyo continuo de Liby G. Ahora ves lo que hacía todo este tiempo alejado de las novelas colombianas. Tiempo que alimentó la musa de la mente, cuerpo, y espíritu de los espías.

Paquito Montañez

En 1972, a los dieciséis años emigró de Puerto Rico a Chicago. Jugó béisbol en la Escuela Secundaria Roberto Clemente, pero a pesar de su impecable desempeño en la tercera base, abandonó la escuela secundaria y consiguió un trabajo en Florsheim Shoe Company. En junio de 1976, asumió la ocupación de enfermería de combate del Ejército de los Estados Unidos. Alternó entre unidades de campo de combate, hospitales y clínicas, asesoría intercultural y de género a nivel de brigada, asesoría militar de Componentes de la Reserva del Ejército, instrucción formal de oficiales, culminando una brillante carrera en pruebas y evaluación de tecnologías médicas.

Sirvió en la 4ª de Infantería; 9ª de Infantería; 25ª de Infantería; 1er y 2do Cuerpo de Entrenamiento a la Reserva del Ejército; Actividad Médica del Ejército en Panamá, Centro Médico del Ejército Madigan; Centro Médico del Ejército Brooke; Hospital de Evacuación 21; División de Entrenamiento en Enfermería de Combate; División de Ciencias Médicas Militares; y la Junta Pruebas y Evaluación del Departamento Médico del Ejército. Se jubiló en el rango de Sargento Primero en 2002.

Obtuvo una Licenciatura en Ciencias en Educación y Desarrollo Laboral de Southern Illinois University. Tiene un posgrado en Gestión Superior en Negocios de la Universidad Panamericana, Panamá. Obtuvo su Maestría en Reingeniería de Negocios y Gestión de Calidad Total de la Universidad Internacional de Panamá y un Profesorado en la Universidad Internacional de Panamá. Ha publicado ocho libros.